AF315016

RENÉE DUNAN

ÉROS
ET
PSYCHÉ

ROMAN

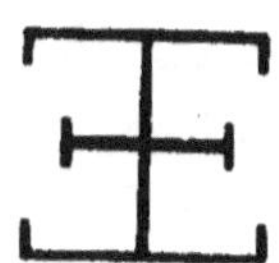

ÉDITIONS DE L'ÉPI

13, RUE DU CROISSANT -- PARIS

RENÉE DUNAN

ÉROS

ET

PSYCHÉ

ROMAN

EDITIONS DE L'ÉPI

13, RUE DU CROISSANT — PARIS

ÉROS ET PSYCHÉ

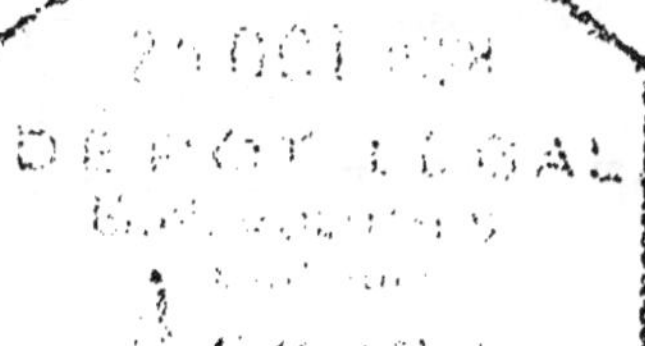
DÉPÔT LÉGAL

DU MÊME AUTEUR

Je l'ai échappé belle *(A. Delpeuch, édit.)*.
Les Nuits voluptueuses *(Édit. Prima)*.
Au Temple des baisers *(Édit. Prima)*.
Entre deux caresses *(Jean Fort, édit.)*.

A paraître aux Éditions de l'Épi

Le Sexe et le Poignard (Vie de Jules César).

Droits de traduction et de reproduction réservés pour
tous les pays.
Copyright by « Éditions de l'Épi », Paris, 1928.

RENÉE DUNAN

ÉROS
ET
PSYCHÉ

ROMAN

ÉDITIONS DE L'ÉPI
Éditions et Publications Illustrées
13, RUE DU CROISSANT — PARIS

Il a été tiré d'Éros et Psyché
50 exemplaires sur Madagascar
numérotés de 1 a 50

No

PRÉFACE

*Ce roman s'inspire directement des conceptions
et thèses sexuelles de Sigismond Freud.*

*J'y ai étudié le développement rapide et
puissant du désir érotique dans deux âmes
adolescentes. Mais les caprices et le goût du défi,
la cupidité aussi, jouent plus tôt dans la pensée
féminine, après la possession, que dans le cerveau
du jeune mâle, tenu encore par l'éducation et
ses éthiques. Ainsi s'achève, en trois jours net,
le périple de l'amour.*

R. D.

PREMIERE PARTIE

Deux Esprits

Enfin ma modestie, d'autres diront ma sottise, fut telle que la plus grande privauté qui m'échappa, fut de baiser une seule fois la main de Mlle Galley...

J.-J. Rousseau, *Confessions* (I-4).

CHAPITRE PREMIER

L'Aventure

O miroir !

Eau froide par l'ennui dans ton cadre gelée
Que de fois et pendant les heures, désolée
Des songes et cherchant mes souvenirs qui sont
Comme des feuilles sous ta glace au trou profond,
Je m'apparus en toi comme une ombre lointaine,
Mais, horreur ! des soirs, dans ta sévère fontaine
J'ai de mon rêve épars connu la nudité !

Stéphane Mallarmé, Hérodiade.

Le petit déclic qui précède la sonnerie de l'heure coupa délicatement le silence.

Jean Dué releva la tête. Sa main laissa tomber jusqu'au genou haut l'ouvrage qu'il tenait sans lire ouvert depuis longtemps devant ses yeux. C'était un travail sur la peinture grecque ancienne. L'ironie d'une telle œuvre, traitant un art dont il ne subsiste pas une seule pièce authentique, lui fut soudain sensible, et il ricana nerveusement.

La pendule commença de tinter. C'était un

meuble antique, précieux d'attendrissante et désuète finesse. Une sainte Cécile d'or le sommait d'un air quelque peu païen. D'une lenteur guindée de douairière racontant, avec des mines, une histoire salace d'ancien régime, les heures churent une à une. Les onze coups se succédaient avec des variations infimes, mais charmantes, dans le timbre. Quand tout fut fini, l'aiguille marquait onze heures quatre.

Jean Dué avait écouté curieusement cette musique. Le dernier coup lui fit sentir dans l'air une sorte de présence hostile. La vaste demeure coite où il se savait seul l'écrasait, en ce moment, de sa mutité.

Il se leva d'une détente pour chasser l'impression fâcheuse. L'étage bas pesa plus lourdement à son front. Pas un bruit terrestre ne lui était perceptible. Il se songea une seconde en quelque terre perdue au sein d'un océan, ou dans une de ces cités romanesques que la mort a vidées d'habitants...

Jean Dué haussa les épaules d'un geste de colère. Cet adolescent robuste et féru de sports détestait les rêveries romantiques.

. . . .

C'était en un rez-de-chaussée de demeure cossue et provinciale. Chaque semaine, les parents de Jean Dué le laissaient seul du samedi au lundi. Ne préparait-il pas son baccalauréat ?

Ce n'est point la besogne d'un prochain bachelier que d'aller surveiller de vastes cultures
industrielles. Ne pourrait-il pas lui en venir
la tentation de renoncer à un avenir traditionnel de légiste, pour ces travaux au grand air
qui doivent rester le privilège des hommes
d'étude âgés ? On laissait bien au jeune
homme une servante. Mais elle courait le guilledou. Heureusement d'ailleurs !... Ainsi, solitaire dans la maison patrimoniale, Jean Dué
lisait sans cesse, coutumièrement heureux.
Mais ce soir une sorte de crainte et d'angoisse
voluptueuse agaçait en lui des nerfs inconnus.

Autour de l'adolescent, la lourdeur un peu
morne d'une habitation vétuste et bourgeoise
s'ordonnait partout. A côté, le salon dormait
sous ses housses, et la salle à manger étalait
ses boiseries de chêne blond. Le bureau de
M. Paul Dué, sévère et doctoral, voisinait
encore le vestibule démesuré d'où partait un
escalier de pierre bordé d'une rampe sculptée
que les antiquaires venaient de loin admirer.
Au-dessus, deux étages de chambres et deux
salons familiers occupaient le dispositif archi-
tectural intérieur, parmi des couloirs compliqués, des placards innombrables, des penderies,
des débarras et tous les coins dont se fait une
maison riche et vieille.

Il y avait enfin, au sommet, le charman

grenier, délices des enfants, où Jean Dué avait laissé les plus chers souvenirs de son jeune âge.

. . . .

Cependant le jeune homme, malgré un âpre désir de retrouver sa stabilité mentale accoutumée, connut son cœur gonflé de quelque fièvre absurde et d'une inquiète nervosité. Il se sentait bipartir au fond de son être. Habitué à s'analyser soigneusement, et craignant toutes duplicités, il s'étonnait donc de percevoir en soi une nouvelle âme, triste et sentimentale, pleine de désirs cachés et peut-être honteux.

Pourtant il devinait que cette pensée inconnue dût porter virtuellement bien des joies neuves, cuisantes et chéries, dont le vrai Jean Dué, sans elle, resterait ignorant...

Et la pente de ses réflexions le mena malgré soi à songer qu'il fût par le monde des plaisirs plus ardents, possessifs et somptueux que ceux dont se délecte un lycéen amoureux de ses seuls livres.

Afin de chasser l'idée redoutable, Jean revint près de la table où gisaient les ouvrages qu'il avait apportés pour divertir sa soirée. Il y avait là un Shakespeare : *Les Joyeuses Commères de Windsor*. L'adolescent haussa les épaules. Ou bien les aventures de ce Falstaff et des commères qui le bernent sont chose stupide et déraisonnable, ou bien lui ne comprenait rien à cela. L'orgueil pousse souvent les hommes à tenir ce qu'ils ignorent pour inexistant. Mais Jean Dué n'avait aucun orgueil. Il devinait donc que cette joie gaillarde et hardie, familière et galante, dont Shakespeare témoigne, dut, jadis, exister et sans doute même aujourd'hui. Mais ce n'était là matière propre aux études, ni bonne à insérer dans la vie des grands bourgeois qui comptent trois siècles et plus de noblesse judiciaire.

Cette conclusion irrita le jeune homme. Quoi donc ! Son destin serait-il prévu de telle sorte que la moitié du comportement des hommes, et le plus divertissant, lui fût d'avance interdit ? Il prit un autre livre et l'ouvrit. Cet ouvrage de haute critique prétendait à l'infaillible impartialité. Jean, qu'une aiguë perspicacité guidait devina, soudain, derrière les jugements sur les œuvres et sur les hommes, autre chose que ce qu'exprimaient les mots. Camaraderies ou haines de métier, jalousies, rancunes issues de la vie parisienne, maîtresses convoitées ou dédaignées, hostilités politiques, et, en sus, tous les sentiments bas qu'aggrave l'intellectualité, avaient inspiré les jugements de cet ouvrage. Le flux d'érudition dont l'auteur usait ne devait point avoir d'autre but que de cacher, de « camoufler », comme on dit, les intentions profondes aux regards des gens crédules. Voilà tout.

Alors Jean, découragé de sentir en lui-même une telle force de mépris, ouvrit un troisième tome : une histoire de France aux deux derniers siècles. Il aimait par goût l'étude du passé. Derrière les listes de guerres, de traités, d'intrigues et de supplices, il tentait de mettre d'instinct un peu de vie vivante. Il avait toujours deviné que la simplicité apparente et ordonnée de cet antan fut idée de cuistres dévoués à ratisser les forêts vierges de l'Histoire. Sans doute, au vrai, tout cela fut-il confus, sans direction, malpropre aussi et privé de loyauté. Il suffit de mettre à l'échelle convenable la vie d'un village, avec tout ce qu'elle contient de vil et d'ignominieux, de lâche et de vicieux, pour avoir un aperçu d'ensemble de la grande histoire...

Jean feuilleta le volume. Devant ses yeux apparut le masque lourd et empâté de la reine Marie-Thérèse d'Autriche. Le jeune homme, que son esprit menait à vouloir mieux comprendre les secrets d'un passé aboli, chercha sur la face impériale un peu de la vie réelle qui anima jadis cette chair aujourd'hui dissoute.

Il ne vit rien que l'apparence : l'air de hauteur et d'impassibilité, rehaussé par des bijoux accablants. Ah ! le mystère se trouvait bien scellé !

Et pourtant, sans contredit, c'était là une femme comme toutes. On lisait la plus naïve vanité dans le regard tendu vers une impression surhumaine. Comique en vérité !... On pouvait même percevoir la crainte sous une plissure imperceptible des joues, et le regret de vieillir dans cet étalage de chairs, arc-boutées par une armature métallique sans doute, mais dont la fermeté juvénile se trouvait absente malgré tant d'efforts pour créer l'illusion.

Cette femme n'avait jamais dû être belle, elle avait donc envié autour de soi des femmes que son rôle était de mépriser. Désirant l'impossible et contrainte de ne régner que sur un domaine rendu négligeable par l'omnipotence même, on pouvait lire sur ses traits une âme vide et obscure, restée certainement insatisfaite jusqu'à la mort. Pouvoir obtenir tout, n'est-ce pas se condamner à ne désirer rien ? Et sentir qu'il est plus beau, plus instruit, plus jeune que soi, lorsqu'on est reine, n'est-ce pas savoir qu'au fond, possédant tout, on n'a rien ?

Etait-ce chaste, une impératrice ?

Jean Dué réfléchit sur l'étrange question née dans sa conscience malgré lui.

Certes, les femmes qui régnèrent n'ont point été pures. On se contente de dire leur vertu. C'est une clause de style... De même, dans la ville, l'intelligence des fils de notables est proclamée, quoique la plupart soient des cancres indécrottables. Mais une tradition instinctive alloue toujours le prestige de l'intelligence aux sots puissants. Que deviendrait en effet une société où l'imbécile serait, sans tenir compte de son importance apparente, jugé comme un imbécile ?

Mais cette Marie-Thérèse, dévote et vaniteuse, avait, certes, pratiqué la débauche aussi bien que ses pareilles. Le pouvoir doit être un terrible excitant.

Jean Dué laissa sa rêverie s'étendre seule. Pourquoi donc les choses avaient-elles tant de secrets, ce soir ? Il avait l'habitude de travailler sur les données de l'histoire et de la géographie, sur les sentiments de Phèdre et de Didon, comme sur les théorèmes de la géométrie. Les mots seuls comptaient et on en réglait l'emploi selon la logique même qui permet d'utiliser les nombres incommensurables. Ce soir, vivait en lui une sorte de trouble divination. Mais ce qu'il nommait tout à l'heure romantisme était peut-être tout bonnement le sens du vrai...

Il évoqua encore la reine Marie-Thérèse. Il la vit nue... Nue, que lui restait-il de royal ? Les attributs de la royauté disparus, ce n'était vraisemblablement qu'une laide maritorne...

Cette idée frappa Jean Dué. En somme,

malgré les historiens qui donnent toujours du prestige au passé, malgré les littérateurs et la poésie, l'humanité n'est qu'un troupeau de pauvres êtres semblables. Mais ils sont semblables *nus*. Habillés, ils se distinguent. Alors il y a des reines et des servantes, des puissants et des mendiants... Il se questionna alors : les passions sont-elles néanmoins partout les mêmes ? Cette fois, l'esprit de Jean Dué buta. Comment, en effet, savoir s'il est des passions vraiment caractéristiques de la toute-puissance ? Il pensa un instant à des parents pauvres qu'il avait et dont les fils, au lieu d'étudier, travaillaient dès leurs treize ans dans les ateliers. Devait-il croire qu'il n'y eût aucune différence entre les plaisirs que lui-même devait attendre de la vie et ceux qu'y chercheraient ces étrangers de son sang ?

Cela lui coûta à admettre. Mais s'il s'accordait pourtant une aristocratie passionnelle — virtuelle, car il était vierge et ingénu — il devrait allouer à Marie-Thérèse dans sa puissance d'avoir réalisé sans doute un au-delà, une perfection de jouissances que lui-même, petit bourgeois, ignorerait.

Il ne se formula pas exactement les types de passions et de plaisirs auxquels se référait son raisonnement, parce qu'une force, en lui, refusait d'amener cette donnée à la conscience libre et claire. Toutefois, un « moi » secret et puissant, qui connaîtrait son heure, disait : « *l'amour* ».

Il chercha pourtant, dans l'espèce d'hallucination romantique qui le possédait, quelle femme mériterait un jour d'être aimée par Jean Dué. Pour noyer ce qu'avait de trop précis l'image fournie par son imagination, un flot de littérature se manifesta. La phraséologie cornélienne et racinienne éteignit net le feu qui s'allumait au fond de ses sens.

Alors, à travers deux portes qui le séparaient de la rue, il entendit nettement qu'on frappait chez lui, du dehors.

Un frisson passa sur son échine. Il retombait d'une rêverie tissue de réel et de fantastique dans une contingence surprenante et romanesque. Qu'est-ce que cela voulait dire ?

Il attendit une minute, l'oreille attentive. Le bruit ne se renouvela pas. Il hésita un instant, puis, comme si c'eût été un acte délictueux, se glissa vers l'entrée de la maison. Si l'on avait frappé de nouveau il serait resté immobile.

Il fut bientôt comme une ombre près de la porte. Nul bruit ne s'entendait plus. Qui donc avait frappé ? Un désir ardent le saisit : Il regarderait... Il ne réfléchit aucunement pouvoir monter voir du premier étage, par exemple. Il ne voulait pas quitter ce chambranle qui l'accotait, sans savoir... Avec précipitation, très ému et pourtant sans peur aucune, il ouvrit. Un morceau de nuit lunaire s'encadra dans le rectangle déclos. Il sortit alors dans la rue en regardant d'abord à droite où la perspective était éclairée. C'était le silence ténébreux des nuits provinciales. Un réverbère jetait là-bas, sur les pavés inégaux, une lueur jaune et vague. Les immeubles dessinaient en l'air un jeu incompréhensible de silhouettes anguleuses, pleines de saillants et de rentrants. Au loin une tache claire annonçait un café sis à l'angle de la rue et d'une place.

Rien d'autre ne s'apercevait.

Jean se tourna de l'autre côté. Là, dans un imbroglio de recoins obscurs, régnait la nuit totale, évocation secrète de mille mystères, drames et aventures...

Le moyen de croire qu'on vînt de ce côté frapper à minuit chez Jean Dué ?

— Bonsoir, mon cousin !...

Une voix fine et féminine le frappa d'abord. Ensuite il perçut une grande forme mince et droite qui semblait attendre avec humilité. Les trois mots furent prononcés avec une délicatesse cristalline, imperceptiblement atténuée par une sorte de prudence complice.

Jean Dué, ahuri, ne dit mot.

— Bonsoir, Jean...

Une main venait au devant du jeune homme
qui la prit gauchement par un violent effort.
Si son seul souhait avait été réalisé par un dieu
il se fût sur-le-champ englouti à cent pieds
sous terre

— Voyons, mon cousin, vous ne voulez pas
me dire bonjour ?...

Ecarlate, prodigieusement humilié, Jean Dué
ne sut comment accueillir la jeune fille qui s'ap-
prochait jusqu'à le toucher. Elle était aussi
grande que lui, et, comme elle l'accola, il sentit
un corps de texture différente, agile, léger et
preste, mince et souple, bombé, pourtant...
Enfin un flot d'épithètes homériques lui revint.
C'était le retour du sang-froid.

— Voyons, mon cousin, je n'étais déjà pas
rassurée de me sentir dehors à cette heure et
sans savoir si vous ouvririez. Mais ne croyez-
vous pas qu'il soit bon de converser ailleurs
que dans la rue, maintenant ?

Elle riait, la voix toujours atténuée mais
audacieuse. Jean se sentit une haine violente
devers ceux qui l'avaient éduqué de façon à le
laisser ainsi coi devant une adolescente. Il
méprisa soudain les professeurs incapables de
lui enseigner, avec tout leur grec et leur latin,
à parler avec aisance à une jeune fille. Il
aurait, en ce moment, donné toute sa science
pour savoir dire les mots qui plaisent et qui

caressent, les mots qui... Car ces mots-là, ça doit exister.

— Entrez, mademoiselle !

La porte franchie, et se sentant accueillie, la survenante posait l'habituelle et captieuse question :

— Je ne vous dérange pas, au moins ?...

— Mais pas du tout, pas du tout...

Il avait dit cela d'instinct et avec un élan qui l'étonna lui-même. Il fermait avec lenteur, en personne qui veut se reprendre avant de savoir ce qu'elle dira.

Ensuite il dépassa la jeune fille qui attendait. Un parfum léger mais délicat, non pas un parfum mort, de ceux qui stagnent dans les bouteilles, mais un parfum vivant, harmonisé à une chair sensible, lui vint aux narines. Jean Dué perçut aussitôt que tout son passé s'effaçait, que toute sa vie jusqu'ici n'avait été qu'une ombre vaine et que l'existence commençait en ce moment. Il naissait juste au monde des réalités sur lesquelles, un instant auparavant, il se posait de si étranges questions.

Il marcha. Elle le suivit. Lorsque tous deux furent sous une lampe incandescente, dans la pièce où des livres sur la table témoignaient encore des songes récents du rhétoricien, Jean crut ne plus reconnaître le lieu familier. Pourtant, depuis des ans, il était comme consubstancié à ce logis.

La jeune inconnue souriait cependant, et de quelle puissance apparut à Jean Dué ce simple écartement des lèvres rouges et gonflées sur les dents claires...

— Mon cousin, ce n'est pas possible, vous ne me reconnaissez pas ?

Lui se sentait faible et veule. Il n'aurait pas voulu être questionné. Il aimait ce sourire, et cette voix, et cette forme, mais...

Il dit :

— ... Je crois que...

— Allons, vous voyez bien : je suis Lucienne Dué.

Lucienne Dué. Ah ! cette fois, il commençait à deviner. Dix-huit mois plus tôt, étant avec son père, il avait croisé une femme avec une enfant et M. Dué lui avait dit : « Ce sont des Dué. Cette petite se nomme Lucienne, comme ta mère. »

Un étonnement saisit le lycéen. Voici dix-huit mois, la fillette vue était vraiment puérile. Jean s'attestait alors un homme devant elle. Maintenant elle était femme quand lui se sentait encore un gamin.

Il fut humilié : une humiliation admirative et satisfaite.

Il la regardait assise. Lucienne Dué n'avait

pas attendu qu'on le lui dit pour prendre un siège, car son cousin trop confus en oubliait les règles de civilité. Elle se tenait au bord de sa chaise, la poitrine tendue et les reins cambrés. Sa posture naturelle, avec toutefois une sorte de certitude provocante d'être belle, gênait Jean comme une main impudique. Le corsage, certes, paraissait pauvre, car le jeune homme savait comment sont les corsages à la mode et il avait appris de ses cousines riches — dont aucune pourtant ne l'avait ému comme celle-ci — bien des choses sur la toilette des femmes... Mais jamais ne s'était révélé en lui un tel désir de trouver admirable tout ce que portait cette enfant... Il était ému en effet, sans savoir d'où partait en lui l'émotion, ni vers quoi elle tendait.

Pourtant, après quelques secondes, il se ressaisit. Le fils de riches bourgeois connut que c'était là une Dué de la branche pauvre et qu'il restait le vrai maître, le puissant...

— Mon cousin, c'est tout ce que vous avez à me dire ?

— Ma cousine, je me souviens de vous maintenant !

— Ah ! alors embrassez-moi pour me reconnaître.

Ce fut elle qui l'embrassa avec une douceur énervante.

— Alors, Jean, je vais vous dire...

CHAPITRE II

Coordonnées

Les invitations d'une parente riche et
âgée, les conseils d'un sage gouverneur,
les applaudissements d'une colonie, les
exhortations et l'autorité d'un prêtre ont
décidé du malheur de Virginie...

BERNARDIN DE SAINT-PIERRE,
Paul et Virginie.

La famille Dué comportait dans la ville
diverses branches que nulle solidarité n'unissait.

Fort ancienne et féconde, elle s'était fragmentée à travers les siècles, sans jamais perdre
sa règle constitutive. Il y eut toujours des
Dué de justice et des Dué ouvriers. On en
connaissait même une branche ayant quitté
le pays pour suivre à Paris un duc de Morvan,
sous Henri IV. Ceux-là portaient depuis lors
le tortil et se faisaient appeler Dué de la Nottière. Ils n'en étaient pas moins méprisés par
les plus vieux tenants du nom, robins de race,

qui voyaient une déchéance dans le fait de quitter ainsi le rabat du magistrat pour les passementeries du noble d'épée.

Outre ceux dont la fortune héréditaire, et répartie en héritage selon des principes d'ailleurs étrangers au Code civil, permettait une indépendance magnifique, d'autres Dué habitaient le pays. D'abord d'anciens riches ruinés, qu'on recevait au bas bout des tables dans les festins familiaux, et dont les fils naissaient assurés de situations aisantes dans l'administration du département. Ensuite des alliés, car la bourgeoisie de trente lieues à la ronde se trouvait apparentée à ces rudes hommes, de vieille tradition huguenote, libéraux pourtant et dont la judicature était la passion. Tous postes directeurs des tribunaux et des cours d'appel avaient été occupés par des Dué. Il y eut également toujours un Dué notaire et les jeunes gens commençaient dans la vie par la profession d'avocat. Jean Dué était destiné de naissance à le devenir.

Les Dué pauvres sortaient de diverses souches. D'abord la plus ancienne, contemporaine de l'enrichissement des premiers bourgeois de ce nom. Ceux-là restaient aussi orgueilleux que des hidalgos et ne parlaient à nuls autres. Ils exerçaient des métiers décriés mais indépendants : le braconnage et la pêche en temps interdits, le courtage des anticailles devers les voyageurs riches, qui, l'été, passaient en auto dans la ville et hantaient obstinément les deux boutiques de brocanteurs du cru.

Ces Dué habitaient une maison ancienne, conservée jalousement, et que, dans leurs plus sombres heures, les membres de la famille n'avaient jamais voulu vendre ni hypothéquer.

Une seconde branche naquit de fils ayant rompu avec leurs parents à travers le temps et refusé de se soumettre à la tradition. Ceux-là se créaient des situations incertaines et tombaient lentement dans le prolétariat. Sur huit familles de Dué pauvres ainsi constituées dans le passé, cinq s'étaient éteintes de misère et de débauches, d'alcool et de mysticisme. Même, de l'une d'elles, toutes les filles, vers 1830, entrèrent en religion. Mais les trois rameaux encore vivants gardaient une puissante vitalité. L'un d'eux, après une lutte d'un siècle, semblait commencer de s'élever. Ses membres, longtemps avaient été employés, jeunes, à forger, vieux, à tirer le soufflet chez un maréchal de forge, de vieille tradition lui aussi et dont les aïeux possédaient au milieu du XVIIe siècle le monopole du commerce des métaux dans le pays. Ayant épousé une fille de forgeron, un de ces Dué s'était installé serrurier. L'automobilisme en fit un mécanicien. La fortune lui était venue. Plein de morgue et de violence, celui-là ne sortait jamais que les mains noires et la chemise ouverte sur une poitrine velue, avec sur le ventre son petit tablier de cuir roussi par le feu. Il commençait à devenir une puissance. Vénérable de la loge maçonnique, il affectait de traiter de haut ses cousins magistrats. Toutefois, il ne dédaignait point venir secrètement à eux, lorsque ses affaires le contraignaient à recourir au glaive de justice.

C'était l'oncle même de la jeune Lucienne Dué, qui venait d'arriver à minuit trouver son cousin dans sa maison vide.

Le père de Lucienne Dué avait exercé toutes les professions compatibles avec l'inertie, surtout les moins avouables. Déjà faible et porté pour l'alcool, il se trouvait à quinze ans apprenti chez un ébéniste. Privé de goût et de soin, il rétrogradait aussitôt dans la menuiserie. Vingt ans il avait manié la varlope. Marié, trois enfants lui étaient venus. Deux garçons, surtout, indomptables et férus d'aventures, comme on n'en connaissait point depuis des siècles dans la famille. L'un d'eux, embarqué cinq ans plus tôt à bord d'un voilier, avait déserté dans l'océan Indien. Sans courage tant qu'il s'était vu en France, il se découvrait là-bas une activité ardente et une volonté de fer. On ne savait ce qu'il exploitait maintenant en ces terres lointaines, mais on avait pu apprendre qu'il fût en passe de devenir très riche.

Le second fils se trouvait à Paris. On ignorait exactement quel métier le fît vivre.

La jeune fille, Lucienne, jolie et intelligente, devint après les fugues de ses frères le souffre-douleur des siens. Son père, usé par l'alcool, cultivait une violence et une irritabilité extrêmes. Sa mère, fille d'un garde-chasse, élevée dans des habitudes de brutalité et de despotisme, exerçait sur elle des goûts involontairement portés vers le sadisme. L'enfant se trouva donc très malheureuse en grandissant. L'oncle, le forgeron, se permettait lui-même volontiers de la corriger, avec un trouble avant-goût d'autres passions qu'il paraissait vouloir un jour aussi satisfaire. Veuf, en effet, il laissait percer l'espoir secret d'épouser la jeune Lucienne Dué, sa nièce, lorsqu'elle aurait vingt ans.

Cependant la fillette se savait belle. L'été, des voyageurs passant dans la ville, ou y flânant, s'étaient retournés au passage de cette grande forme féminine élégante et souple. Le fils du châtelain voisin, époux d'une Dué de la magistrature, lui avait même serré les hanches en passant un soir dans une venelle. Lucienne gardait de ce contact furtif, mais mené comme une conquête par un homme expert aux étreintes, un souvenir irrité et lascif. Un jour, au passage d'un couple étranger, n'avait-elle pas entendu dire encore :

— Tu as vu, mon cher, cette enfant. La voilà, l'étoile de cinéma, la perle rêvée pour détrôner les stars californiennes.

Et l'homme, un grand gaillard roux et indolent, avec des yeux flambants et un masque pâle, avait répondu :

— Oui, mon petit ! Faudra voir si on pourrait l'emmener.

Lucienne n'avait plus entendu parler de ces gens. Ignorant que dans les âmes parisiennes mille velléités passent sur l'écran du cerveau sans laisser de traces, elle ne se résignait pas à croire que les personnages en question l'eussent oubliée. Elle les imaginait venant chez elle et accueillis par les injures du père ou les véhémences de la mère. Jamais d'ailleurs elle n'eût osé parler de cela aux siens, assurée à telle idée, d'être battue comme plâtre. En cet esprit adolescent mille rêves coloraient toutefois l'avenir. D'abord, il faudrait partir ; quitter la famille toujours plus cruelle et dure. L'argent y manquait en effet. Le père ne gagnait plus de quoi nourrir le ménage. La mère pourtant ne voulait pas, à son âge, commencer de travailler. Tout le jour un flot de disputes secouait donc la pauvre demeure, avec des colères qui attiraient les commères sur le pas des portes voisines. Et Lucienne Dué, lorsqu'elle rentrait, se voyait reçue de telle façon que la seule venue du soir lui était déjà un vrai supplice.

On l'avait mise chez une repasseuse, mais ce métier l'écœura, et d'ailleurs sa santé s'y fût perdue tôt — ce que s'était avisé de dire aux Dué un médecin venu soigner le père, après une saoulée trop complète.

On plaçait alors Lucienne chez une modiste. Cela plaisait à ses goûts naturels d'élégance. Elle montra de véritables dispositions pour tendre les satins et les velours sur les carcasses de laiton, de linon raidi ou de sparterie. Elle avait d'instinct le sens des couleurs associées et harmonisées. Ses doigts fins tournaient avec art les nœuds de soie ou de ruban. Toutefois son gain restait minuscule et c'était l'objet d'un des plus vifs reproches que lui fissent ses parents. Ils semblaient toujours admettre qu'aimant mieux son métier on l'eût spontanément couverte d'or.

Et voilà que l'oncle forgeron s'était montré entreprenant.

Il venait souvent offrir un verre de quelque alcool, fabriqué en fraude, au menuisier qui tout le jour fainéantait dans ses copeaux. Tous deux s'asseyaient sur un établi en causant. On parlait de la pluie et du beau temps, des affaires qui n'allaient pas et des santés toujours chancelantes. Bientôt on en venait à des questions plus intimes, et le forgeron, étendant ses larges mains noires, énonçait les éléments de sa prospérité. On jetait quelques mots ironiques sur les Dué de la magistrature, avec leurs filles minces comme des cierges, dont elles avaient la couleur, et les fils maigres qui s'usaient dans l'étude. Alors venait le mot préparé par l'homme fort. Il disait :

— Quand me donnes-tu ta fille, imbécile ?

Il affectionnait ce ton familier et dédaigneux.

L'autre, astucieux en son âme d'ivrogne, bredouillait quelques mots indistincts.

— Allons ! tu sais bien que je saurai la rendre heureuse.

— Bien sûr ! Bien sûr !

— Il n'y a même que moi qui sois capable de ça. Ces jeunesses, ça rêve un tas de choses. Un mari jeune la laisserait cultiver ses désirs de gosses et puis un jour... crac...

Il n'expliquait pas ce « crac ». Cela pouvait dire que le mari serait trompé, mais tout aussi bien qu'il serait assassiné ou même qu'il la tuerait.

Le père répétait : « crac », et il hochait les épaules avec tristesse. D'ailleurs il n'avait rien compris et esquissait seulement des rites de politesse.

— Alors, quand me la donnes-tu ?

— Faut le demander à ma femme.

— Je le lui ai demandé. Elle ne désire que ça.

C'était parfaitement exact.

— Et elle, Lucienne, tu le lui as dit ?

— Est-ce que l'on a besoin de demander à ces gamines leur autorisation ? Tu es tout à fait fou. Il suffit que ta femme et toi soyez du même avis. C'est avec vous que je fais l'affaire.

— Avec elle aussi, disait l'autre, moitié parce qu'au fond il aimait sa fille, moitié pour discuter le marché comme un paysan qui n'accepte pas sans réfléchir de vendre son veau le prix que lui-même en a demandé.

Le forgeron versait une nouvelle rasade.

— Ecoute, il faut me dire oui ou non. Tu sais que moi j'ai de la peine à me passer de femme. La belle Nicaise m'a fait dire par son frère que ça lui serait bien agréable de se marier avec moi.

La belle Nicaise était une veuve, fort riche, habitant non loin de la ville et dont la salacité faisait l'objet d'une chronique scandaleuse abondante comme un folk-lore.

— Oui, Nicaise, moi je la connais !

— Entendu ! tout le monde la connaît. Mais elle a du bien. Tu sais, elle ne donnerait pas ce qu'elle a pour cinq cent mille francs.

L'autre buvait avidement. Qu'est-ce que cela pouvait représenter dans sa tête : cinq cent mille francs ? Lui n'avait jamais vu plus de cinquante francs à la fois.

— Alors, ça y est. Tu me la donnes, ta gosse ?

— Ça va ! Ça va !

— Tu sais, je ferai quelque chose pour toi. Moi je ne suis pas un de ces sales types qui méprisent et éloignent les parents de leur femme. Et puis, je te le dis, elle sera heureuse.

. . . .

Le lendemain d'un de ces entretiens, Lucienne fut avertie qu'on la mariait à son oncle le forgeron. Elle n'avait, assouplie déjà à la misère et à ses suites, aucun désir de protester. L'aurait-elle fait que d'ailleurs on l'eût rouée de coups. Mais elle possédait ce fatalisme du pauvre qui se plie sans broncher aux servitudes les plus humiliantes. Quoique la mère de Lucienne allât à l'église, elle avait consenti au mariage exclusivement civil exigé par le forgeron franc-maçon. Lucienne possédait confusément cette idée que l'on n'est vraiment pas mariée lorsqu'il n'y a pas eu cérémonie religieuse. C'était cela seul le mariage à ses yeux. Mais sa ferveur restait trop courte pour qu'elle en tirât grand souci.

Seulement, le troisième soir, comme elle

rentrait chez elle par une petite ruelle tortueuse et déserte, elle rencontre son oncle et futur époux. Il l'arrêta. Quelles étaient ses intentions réelles aux premiers mots ? Sans doute n'en avait-il aucune fermement formulée.

Mais cet homme sanguin et coléreux, devant une grande jeune fille, en vint tôt à l'excitation la plus précise. Il lutta en soi-même, moins par délicatesse que par prudence. L'instinct fut le plus fort. Il étreignit Lucienne et l'immobilisa, puis il tenta des contacts plus intimes. Elle se défendit. Ce fut une lutte silencieuse et violente. L'homme n'était pas le maître de [sa proie. La colère le saisit et il brutalisa l'enfant farouche. Ce fut en vain. Il allait la jeter au sol, et, ignorant le lieu, tenter peut-être de la violer, mais elle laissa échapper un cri de douleur, tant la serraient les dures mains du forgeron.

Alors, d'une maison voisine, par la fenêtre, un buste se pencha. La ruelle n'était pas éclairée. Le curieux ne vit donc qu'une masse confuse, mais il devina bien que ce fut un couple dont la femme se défendait.

Il cria :

— Dis donc, cochon, vas-tu la laisser tranquille. Veux-tu que j'aille chercher les gendarmes.

Ce fut comme une douche sur la tête de l'homme au tablier de cuir.

Il se releva et se sauva éperdument, mais non pas sans avoir dit à l'oreille de Lucienne :

— Salope, tu peux dire adieu au mariage ! Je te laisserai crever de faim. Mais pas sans te retrouver ailleurs et te flanquer la tournée que tu mérites.

Elle resta seule, tremblante et affolée, dans la rue sombre et redevenue silencieuse. Enfin, le cœur battant, elle revint chez ses parents.

Lucienne Dué était une jeune fille très intelligente, mais elle ignorait bien des choses de la vie. Il ne lui était pas venu à l'esprit que son père et sa mère voulussent tout bonnement se débarrasser d'elle et même la vendre en quelque façon au forgeron qui « avait besoin d'une femme ».

Elle espérait donc un appui près des siens, contre le brutal et, sitôt rentrée, exposa aussitôt ce qui venait d'arriver. Alors les portes de l'enfer s'ouvrirent.

D'un bond, sa mère se jetait sur elle pour lui appliquer un soufflet. Le père, avachi, lui criait toutes les insultes de son répertoire ouvrier. Lucienne, que honnissait sa famille parce qu'elle n'avait voulu se donner dans la rue à son oncle et futur époux, connut cette fois la misère de vivre.

Elle reculait, blanche de désespoir, retenant d'une main son corsage déchiré. De grosses

larmes coulaient sur ses joues et un dégoût
atroce lui retenait dans la gorge tout ce qu'elle
eût désiré dire, qui était vrai, et dont elle sentait confusément que cela dépassait les bornes
de l'immonde. Elle se réfugia dans sa chambre,
un débarras noir et puant, puis s'y cloîtra.
Deux heures durant elle entendit hurler et
brailler les siens. Six fois ils vinrent à sa porte
lui crier de nouvelles insultes. Enfin ils s'assa-
girent. Deux bouteilles d'eau-de-vie apportées
par le forgeron noyèrent leur peine.

A dix heures, entendant les siens ronfler,
Lucienne ouvrit, passa sans bruit dans leur
chambre et gagna l'escalier. Une fois dehors
elle respira. Où aller maintenant ?

Elle savait mille choses précises concernant
ses parents les plus éloignés. Dans les familles
pauvres c'est un sujet quotidien de conversation que le comportement des gens riches du
même sang.

La manière de vivre des Dué magistrats et
rentiers était donc particulièrement familière
à Lucienne. Son cousin Jean, qu'elle avait
rencontré une fois, dix-huit mois plus tôt, par
hasard, se trouvait seul, du samedi au lundi,
durant toute la belle saison. La chose était
connue.

Lucienne, sachant cela, conçut de venir lui
demander asile. Elle ne savait pas du tout

ce qui pourrait advenir ensuite. C'était le seul espoir qui restât proche et put l'attirer.

D'ailleurs elle n'y réfléchit pas longtemps.

Il y avait un long chemin de la maison de Lucienne, dans la campagne suburbaine, à celle de Jean, au centre du quartier riche, dans la ville neuve. Lucienne marcha courageusement. Ce n'était pas encore le complet silence et la solitude des nuits pleines. Mais, fille du peuple, la jeune fille savait fuir les rôdeurs et les galants attardés. Elle arrivait enfin, frappait chez son cousin et écoutait, le cœur agité. Le silence dura... Elle ne s'éloignait pas et espérait toujours. Un moment âcre naissait enfin lorsque, la porte ouverte, elle voyait Jean regarder de l'autre côté de la rue, et puis....

CHAPITRE III

Puérilités

> Eh bien, tout coup vaille, quand ce serait de l'inclination ! Quand ce seraient des passions, des soupirs, des flammes, il n'y a rien de si gaillard. On a un cœur, on s'en sert, cela est naturel.
>
> MARIVAUX, *Les Surprises de l'amour.*
> (Acte III, sc. 2).

Ils étaient là, les deux enfants, étonnés et heureux vraiment de cette romanesque rencontre. En Lucienne naissait pourtant un sens exact de l'aventure prochaine. Sa vue déjà se montrait plus stable et nette parce que la douleur affine. Elle regarda toutes choses avec une curiosité volontaire et trouble. La simplicité austère du lieu l'étonna. Elle croyait naïvement que chez les riches tout est doré et magnificent. Elle attendait de voir des portraits de famille dans des cadres immenses, des tentures de velours rouge et des tapis épais d'une main.

Et l'attitude de son cousin la stupéfiait aussi. Elle le croyait un de ces garçons, audacieux de ne craindre rien, qui troussent les jupes des femmes, dans les venelles, le soir à peine venu. Elle ne savait ce qu'elle lui eût permis. Les femmes ne théorisent pas leurs volontés. En tout cas elle attendait de lui quelques-unes de ces paroles sucrées, à l'audition desquelles les jeunes femmes n'osent plus se défendre. Mais Jean ne ressemblait aucunement aux adolescents de son âge. Il était timide. Comment pouvait-on être timide et riche ? Ce problème tourmentait Lucienne Dué. La timidité lui avait toujours semblé être l'accompagnement de la faiblesse et de la pauvreté. Que d'étonnements encore ! Il serait avocat, ce puissant gaillard, et il paraissait incapable de trouver ses mots. Elle l'avait même déjà vu rougir...

Quant à lui, il cultivait, sans en formuler aucune interprétation verbale, un bonheur très fin et que seul le silence lui paraissait devoir compléter. Il sortait donc comme en trébuchant, de cette félicité, chaque fois qu'il lui fallait répondre. La présence parfumée et féminine réveillait en sa pensée surnourrie de classiques toute une littérature dont jamais il n'avait jusque-là compris le sens et la beauté formels. Cette fois il pénétrait l'arcane. Il pourrait désormais lire les poètes avec le juste sentiment de la passion qu'ils exprimèrent. Il n'avait d'ailleurs aucun désir sensuel.

Son ambition consistait à faire durer ce bonheur, égoïstement, le plus possible. Il restait incapable de deviner ce qui s'agitait en ce moment même dans la jolie petite tête qui lui faisait face. Il y voyait simplement fermenter toute la littérature amoureuse de ses auteurs favoris. Sans doute était-elle exprimée en termes moins précieux et choisis que dans les grands écrivains, car il avait le sens des hiérarchies sociales, et n'ignorait point que sa cousine fût de petite culture. Mais peu importe le mode d'expression des idées. Ce qui l'intéressait résidait moins dans les mots et la noblesse des syntaxes que dans les sentiments traduits. Or il croyait connaître ceux-ci.

Enfin Lucienne Dué dit :

— Mon cousin, je ne voudrais pas vous avoir causé un ennui. Vous avez l'air si étonné ! En elle-même elle disait « penaud »...

— Mais non, ma cousine. Qu'allez-vous croire là ?

— Vous n'attendiez pas une autre personne, je pense ?

Cette idée que lui, Jean Dué, pût attendre à minuit quelqu'un, fit rire le jeune homme.

— Qui aurais-je attendu ?

Elle rit aussi, l'air félin et tourna à demi la tête avec une affectation de pudeur :

— Dame, je ne sais pas, moi, une jolie femme ?

Jean rougit violemment. Les idées se heurtèrent un instant dans sa tête. Il ne sut que répondre. Il était assez averti pour le comprendre : rien n'est plus naturel pour un lycéen de rhétorique que de fréquenter secrètement une jolie femme. Certains de ses camarades se vantaient déjà d'intrigues complexes et de séductions exercées gaillardement. Il devinait donc le ridicule de sembler effarouché par cette pensée seule. Mais que sa cousine pût parler de telle chose avec ce sang-froid lui était pénible.

— Non, ma cousine ! je n'attendais pas une jolie femme !

Un accès de sincérité lui vint. Il aurait voulu tout dire de soi en une minute et éviter ce sourire un tantinet narquois qu'il lisait sur les lèvres de Lucienne.

— Ma cousine, je n'ai jamais amené de femme ici.

Elle rit, devina son embarras et voulut l'aggraver.

— Ici, peut-être, et encore n'êtes-vous pas obligé de me le dire, mais ailleurs...

Il resta coi. Sa volonté de franchise, fruit

héréditaire d'une pensée qui détestait le mensonge, poussa Jean à répondre néanmoins :

— Ma cousine, vous savez que je fais mes études, je ne suis pas un séducteur.

Elle rit très haut avec un air coquin. Elle avait fort bien compris.

— Je vous trouve un peu trop surpris, Jean, pour ne pas croire que je vous apporte un dérangement.

A son tour il dit, reprenant son aisance :

— On ne peut pas me déranger, de jour ou de nuit, Lucienne. Je suis chez moi ici. Mais je n'ai pas l'habitude...

Il marqua une hésitation.

— ... l'habitude de recevoir de si belles personnes et, qui plus est, assez parentes pour pouvoir être familières avec moi. Alors je ne sais pas, faute d'expérience, comment dire et comment agir.

Lucienne suivait sa pensée avec sérénité. Au début, elle eût beaucoup permis à ce cousin joli garçon qui l'accueillait si facilement. Maintenant qu'il avouait sa gêne, elle s'en éloignait et une subtile malice glissa dans son âme.

— Jean, voulez-vous me permettre de vous dire pourquoi je suis ici ?

Il devint à nouveau écarlate. Ainsi il n'avait pas songé poser une question si naturelle, la première ! Ce fut comme s'il avait commis une faute devant les siens et son humiliation crut. N'y a-t-il pas un ordre de choses à respecter dans les conversations ? On le lui avait dit cent fois pourtant.

— Dites-moi, Lucienne, ce qui vous amène chez moi. Si je vous le demande tard, il vous faut comprendre que le seul plaisir de votre présence me faisait oublier le reste.

Le compliment porta. Une légère confusion passa sur le joli visage féminin.

— Vous êtes galant, Jean !

— Pas du tout, ma cousine. Si je l'étais, je vous aurais dit bien des choses que je pense...

— Dites-les, je n'y crois pas d'avance.

Elle disait cela pour le fouetter, mais l'effet fut opposé.

— Ma cousine, je ne mens jamais.

Il avait parlé sèchement.

Elle corrigea sa phrase précédente.

— Voudriez-vous, Jean, que je reconnaisse croire toujours les galanteries ?

Il n'avait aucun sens de l'escrime verbale des femmes et repartit avec dignité :

— Quand une chose est pensée comme elle est dite, il faut y croire.

Elle éclata d'un rire un peu aigu.

— Jean, c'est qu'on m'en a dit déjà, des galanteries. Je suis payée pour n'y pas croire.

— Votre cousin Jean, ma chère Lucienne,

ne vous a jamais rien dit qui puisse autoriser à douter de ses paroles.

La conversation se trouvait aiguillée sur une mauvaise voie. Elle le comprit.

— Ecoutez, Jean, traitez-moi comme une pauvresse errante et un peu folle, mais non pas comme une jeune fille de votre monde.

— Vous valez les femmes de ce que vous nommez mon monde.

Le chemin était encore périlleux. Elle n'insista pas et habilement, changea encore d'armes.

— Une pauvresse, Jean, on lui donne un morceau de pain.

Il ne comprenait pas.

— Jean, vous savez que je me suis sauvée de chez moi et n'ai pas dîné...

Il se leva d'un bond. Etait-il bête ! Etait-il stupide !...

Ainsi, sa cousine arrivait à la suite de quelque accident et non seulement il n'avait pas su encore le lui faire dire, mais il ne lui offrait même pas quelques gâteaux.

— Attendez, ma cousine, je vais faire chauffer un peu de café et vous apporter les petits fours. Est-ce que cela suffira ? Vous savez, je ne suis pas cuisinier...

Gourmande, elle approuva.

— Oui, Jean ! des petits fours. Je n'en mange pas souvent.

Il apporta les boîtes de fer blanc et les ouvrit.

— Attendez. Je vais vous donner une assiette.

— Mais non, mon cousin. Pas besoin d'assiette pour manger des petits fours.

Elle mangea. Il la regardait avec avidité. Cette fois elle était désarmée devant son regard. Il put admirer le mince corps vêtu de cotonnade bon marché et pourtant élégant. Les chaussures étaient neuves, car Lucienne Dué portait en ce moment sur elle sa plus belle vêture. Il comprit enfin ce que son attention curieuse avait d'offensant pour cette jeune fille pauvre. Il éteignit son regard ardent.

Elle dit :

— Jean, vous savez que je suis une fille du peuple, tout en me nommant comme vous.

Il ne suivait pas l'idée :

— Eh bien, Lucienne. Que voulez-vous dire ?

Elle chuchota, rougissante :

— Je voudrais boire un verre de vin, plutôt.

Il se précipita à la cuisine.

— Voilà, ma cousine. C'est du porto !

Elle but. Son regard s'alluma. Avec une gauche hésitation, au bout d'une minute, elle se décida lentement à boire de nouveau. Jean n'avait apporté qu'un verre, elle s'excusa habilement :

— Vous n'en prenez pas, Jean ?

Il savait que dans le peuple tout se traite le verre en main et devina qu'il serait très mauvais, orgueilleux et prétentieux de refuser.

Il alla chercher un verre et vint boire.

— Vous aimez cela, le porto, Jean ?

Il se prit à rire.

— Je n'en bois jamais.

— Comment, vous pouvez avoir à votre côté toutes ces bonnes choses sans y goûter ?

— Que voulez-vous, ma cousine. On désire surtout ce qui vous manque. Je désire bien des choses parfois, mais je vous assure que les vins et les gâteaux n'y jouent aucun rôle.

Elle eut un sourire triste.

— Bien sûr, moi, ce n'est pas de même.

Il fut touché au cœur par la plainte discrète enclose dans cette réflexion.

— Ma cousine, je ne veux vous dire rien de froissant. Moi, je donnerais souvent tout ce que j'ai pour être libre.

— N'êtes-vous pas libre ?

Il hocha la tête, incapable de donner une explication nette de ses sentiments. Il savait bien ce que c'est que cette liberté dont il rêvait au lycée en expliquant Homère ou Horace. Il n'aurait pourtant, par pudeur, pas voulu exposer en quoi il était l'esclave de ses titres universitaires à conquérir et d'une tradition qui le ligotait étroitement.

— Non ! je ne suis pas libre, ou bien le mot liberté n'exprime pas la même chose pour vous et moi. Mais vous êtes libre, vous, Lucienne.

Elle crispa ses mains fines avec un geste de désespoir.

— Moi, Jean ! Ah ! toute la misère du monde est sur moi.

La phrase était belle. Jean fut ému comme si le jeune fille fût tombée morte à l'instant.

— Oh ! Lucienne !

— Jean ! Jean ! Mes parents veulent me marier à Pierre Dué...

Lui connaissait le redoutable forgeron. L'idée que cette gracieuse enfant pût appartenir corps et âme — corps surtout — à cet homme sale et violent le pinça au cœur, mais il ne dit rien.

Il avait été élevé dans le respect des traditions de famille et l'indépendance de l'être humain dans la société ne lui apparaissait pas comme un corps de doctrine.

Elle le regarda, effarée qu'il ne protestât point, qu'il ne criât point son indignation. Quoi, lui aussi trouvait naturel que Lucienne Dué, à dix-huit ans, jolie et fine comme elle était, fût donnée à ce forgeron quinquagénaire qui disait partout son besoin de femmes ?

Elle reprit, avec une fureur dense et sourde :

— Je l'ai rencontré ce soir dans la ruelle du petit Quaroy. Il faisait nuit et on n'y voit pas. Alors il m'a prise et il a...

Elle se mit à pleurer à gros sanglots lents, sans baisser la tête, et lui regardait cette blanche face de statue, où coulait un mince ruisseau lumineux. Il pensa : Niobé...

— Ah ! Jean, Jean, comprenez donc que ce Pierre Dué...

Il leva le doigt en l'air, plein de colère.

— Il faut avertir mon père. Il le fera arrêter.

— Mais non, Jean, mais non. Je me suis défendue. Il n'a que déchiré mon corsage, mon autre... Mais en me quittant quand il a vu qu'il ne ferait rien, il m'a dit que le mariage était rompu. Pour se marier avec moi, il voulait que je sois à lui au milieu... de... la... rue...

— Ma pauvre Lucienne !

— Ce n'est pas tout. Je suis rentrée chez nous. J'ai raconté tout. Savez-vous ce qu'ils m'ont dit ?...

Il devina bien ce qu'avaient dit les parents de Lucienne Dué...

— Ils m'ont insultée, traitée de tous noms. Maman m'a juré que si Pierre ne revenait pas sur la rupture elle me tuerait.

La jeune fille avoua encore :

— Elle le ferait. Je l'entends parfois parler

de celui qu'elle a tué, quand elle était avec
son père.

— Et puis ? dit Jean, que l'indignation
clouait sur sa chaise et rendait incapable de
s'exprimer.

— Eh bien, Jean, je me suis enfermée dans
ma chambre. Quand ils ont été endormis je
me suis sauvée.

— Ils n'ont rien entendu ?

— Non ! Pierre leur avait donné de l'eau-
de-vie. Ils en avaient bu. Ils étaient...

Elle se tut.

Il regardait les grands yeux maintenant secs
et le joli visage têtu. Un immense besoin de se
dévouer tenait Jean Dué. Il ne savait comment
l'exprimer et comment lui donner réalité. Mais
ce besoin le brûlait puissamment. Maintenant,
devenu en quelque façon le protecteur de sa
cousine, il retrouvait sa maîtrise de pensée.
La vieille tradition des Dué de magistrature
s'affirmait dans ce cœur adolescent. Il ferait
pour Lucienne tout ce qui serait humainement
possible. Quoi ? Il ne savait encore, mais il
déblayait le chaos des objections.

— Lucienne, dit-il avec quelque solennité,
vous êtes sous ma protection.

Il devina l'esquisse d'un sourire sur le fin
visage. Comment exprimer la chose de façon
juste et saisissante ?

— Lucienne, je ne sais ce que je vais pouvoir faire, mais enfin comptez sur moi.

Elle le regardait avec des traits illisibles, où il crut pouvoir deviner :

« Que peux-tu, mon pauvre lycéen ? »

Pour donner plus de poids à sa pensée, il dit encore :

— En parlerez-vous à mon père ?

Elle eut un geste d'épouvante et les larmes revinrent.

— Non, Jean. Je veux que personne n'intervienne. Je vous demande asile cette nuit...

— Vous êtes chez vous.

— Et je tâcherai en quelques heures de repos de trouver une solution. Je m'en irai à Paris...

— A Paris, Lucienne ! Qu'y ferez-vous ?

Elle dit avec un air languissant :

— On m'a dit que je réussirais au cinéma.

Il haussa les épaules. Son ignorance était entière de toutes les matières et des problèmes posés par le Cinéma. Il professait un grand mépris pour cet art inférieur, qui, disait-il, n'est que le théâtre du pauvre.

— Il vous faudra de l'argent pour aller à Paris.

Elle devint brutalement rouge.

— Lucienne, je dépense peu. A vrai dire on ne me refuse rien ici. Je vous offre ce que j'ai et ce que je pourrai avoir.

Il était heureux de faire un sacrifice et sa face s'épanouit.

Alors, comprenant qu'elle avait gagné sa cause, elle se leva et sauta sur les genoux du jeune homme.

Il l'accueillit avec un embarras timide, tôt d'ailleurs disparu. Non point qu'elle fût impudique. Elle était seulement femme, et déjà habituée à compter sur ses charmes dans la vie pour réussir.

Cela lui dictait donc d'instinct un comportement très souple et délicat.

Elle embrassa son cousin. Lui, les bras tombants, évitait, sans le savoir, ce type de jeux manuels qui coupent les effets des femmes occupées de séduction. N'ayant rien d'autre à faire que de l'embrasser, elle y mit tout son art. D'abord un baiser sur la joue droite, puis un autre sur la joue gauche, puis un autre, hésitant où se poser. Enfin, pour couronner, Jean connut le baiser sur la bouche. Le contact resta furtif et léger, et pourtant la réaction fut nette en lui, sa tête s'inclina en arrière. Alors Lucienne, intuitive, appuya violemment ses lèvres entr'ouvertes sur celles du jeune homme et il crut qu'un tison ardent lui parcourait l'échine, en même temps que ses bras vinrent se refermer sur le corps léger. Lucienne Dué se laissa imperceptiblement étreindre, puis s'éloigna...

CHAPITRE IV

Tendresses

Je ne puis m'empêcher de convenir,
ma chère Gourdan, que les filles que
vous m'avez envoyées hier ne soient
charmantes. Mais elles ont fait les bé-
gueules. Je vous prie une autre fois de ne
pas m'envoyer de ces prudes. Jeudi, il me
faudra du joli et du roué de la dernière
espèce...

Du Marquis de N... à Mme *Gourdan*
(28 déc. 1773).

Ils restèrent émus tous deux, la face empour-
prée et tendue, se regardant comme deux étrangers ennemis...

Elle eut le mot unique, appel, reproche et
ironie :

— Jean...

Il dit :

— Lucienne...

Leur sang paraissait remuer des flammes
singulières.

— Vous me sauvez, Jean, et je vous embrasserais encore si j'osais...

— Osez, Lucienne !

Elle vint à lui, orgueilleuse et portant ses seins apparents comme une victoire. Ses joues écarlates fleurissaient autour d'une bouche pareille à quelque plaie vive et fascinante. Jean sentit la chair tiède des bras minces et ardents qui l'étreignirent avec violence. Il vit, au ras de sa face, deux yeux dilatés et luisants de désir. Il n'avait pas cru que l'amour lui viendrait sous cette forme redoutable et voluptueuse. Un quart de seconde il aperçut la face qui l'affrontait et le double promontoire des seins. Etait-ce là la petite Lucienne Dué ? Non, c'était l'amour même. Toutes les déesses de la Grèce amoureuse saisirent ensemble les lèvres de Jean pour y apposer un ineffaçable sceau.

— Lucienne, ce jeu de baiser est terrible. Je deviendrais...

Elle eut un air doux et innocent. Il était impossible de lire sur son visage si elle avait participé à l'émoi de son cousin.

— Que voulez-vous dire, Jean ?

— Lucienne, rien moins que ceci : votre contact, vos lèvres, feraient de moi... ce que tenta de vous être le forgeron.

Elle eut un léger sourire, qui pouvait être un défi :

— Vous ne lui ressemblez pas, pourtant.

— Vous me feriez vous désirer comme il fit...

— Mais vous n'oseriez pas, vous qui...

Le regard coulait entre deux paupières étrécies. On voyait un mince segment de la cornée, et la bouche, comme une rose prête à s'ouvrir, plissait aux commissures.

Il ne comprit pas,

— Non, Lucienne, je n'oserais pas. Peut-être parce que je vous aime.

Les beaux yeux s'ouvrirent grands, avec une expression d'étonnement. Enfin la jeune fille murmura d'un air languide :

— C'est que je me défendrais...

Un doute naquit dans l'esprit de l'adolescent. La comédie était trop fine, les attitudes se liaient avec une sorte de volonté cachée qui l'étonna.

— Vous n'avez pourtant pas l'air de le croire, dit-il.

Elle eut un sourire ambigu.

— Jean, on peut avoir des faiblesses, mais je crois que je n'en aurais pas. Vraiment...

— Si je tentais...

Elle prit un air théâtral.

— N'y venez pas, je suis plus forte que vous.

Il se leva pour sauter sur elle. Et puis, un commandement intérieur le retint. Il eut honte de se sentir si proche de l'instinct, et pour expliquer son geste, il embrassa sa cousine derrière l'oreille.

Elle eut un grand frisson.

Il fit le tour de la pièce.

— Vous ne voulez plus de gâteaux, Lucienne ?

Elle eut un rire narquois.

— Il n'y a plus de porto ?

— Mais je vais en chercher, cousine. Il y a du porto chez Jean Dué.

Il sortit. Lorsqu'il reparut, Lucienne, en contre-jour, tirait son bas droit, le pied sur la chaise de Jean. Il vit d'un clin d'œil la jambe longue et fine, l'attache délicate de la cheville, et l'articulation du genou. Une lueur rose jouait plus haut sur la chair entrevue de la cuisse. Le jeune homme fut saisi comme si on l'avait pendu.

Il voulut être galant, car l'idée ne lui vint pas que ce pût être une mise en scène destinée à lui inspirer le courage d'un amant. Il dit :

— Dieu, ma cousine, que vous avez la jambe bien faite.

Elle avait rabaissé sa jupe avec promptitude.

— Ah ! vous m'avez fait peur. Je ne vous croyais pas si vite de retour. Excusez-moi, dites !

Elle prit un air inquiet.

— Vous n'avez rien vu ? Oh ! que je suis étourdie !

— Je n'ai rien vu, Lucienne, que ce qui était visible.

Elle le regarda avec ingénuité.

— Quoi donc, mon bas ?

Il rit très haut :

— Et le contenu, et ce qui dépasse.

— Ce qui dépasse. Non, Jean ! Je m'étais relevée plus bas que le genou.

— Ecoutez, voulez-vous que je relève votre jupe comme elle était ?

— Non ! Non ! pas besoin. Je sais que vous n'avez rien vu.

— Allons, Lucienne, j'ai vu votre jambe, c'est la vérité, je vous le jure.

Elle leva légèrement sa jupe jusqu'au genou.

— La voilà, ma jambe !

— J'ai vu au-dessus du genou.

Elle le dévisagea comme pour mesurer la quantité d'audace qu'il pouvait céler. Son regard appuyait sur celui de Jean avec toute la force d'une prisée muette mais décisive.

— Vous avez vu jusque-là, tenez !

Elle leva sa jupe collée sur la cuisse au point exact où Jean avait vu en effet.

— C'est bien cela.

Il sentit, sans pourtant bouger, qu'une force appuyait sur sa volonté pour il ne sut quel acte réaliser. Trois secondes, un trouble coléreux fit monter jusqu'à ses joues son sang qui brûlait.

Jean Dué pressentait qu'il y eût peut-être ici des mots à dire ou un geste à accomplir. Il pensa :

« Je dois avoir l'air prodigieusement bête. »

Il souffrit de cette pensée. La douleur nerveusement irradiée en lui suffit alors pour abolir cette congestion dont il avait ignoré qu'elle fût la préface du rut.

Avec malice, Lucienne abaissa sa jupe. Elle le fit lentement, comme s'il s'agissait d'un jeu.

Trop tard, il voulut reprendre le combat des mots.

— C'est, je crois, ce qu'on peut nommer voir tout.

Elle éclata de rire, sans répondre, puis doucement :

— Vous voudriez me prendre. Mais je ne marche pas.

Il fut un peu étourdi par cette réflexion, qui cadrait si mal avec son obscur désir.

Tous deux se regardèrent. Lui remarqua que le souffle de la jeune fille s'était accéléré. Son sein battait vite, comme si elle eût couru.

— Lucienne ?

— Quoi donc ?

La voix était rauque, avec il ne sut deviner quel mécontentement un peu agressif.

— Lucienne ?...

La parole de l'adolescent se brisa. Quelque chose lui coûtait à dire. Mais cette puissante tradition de sincérité qui cimentait l'âme des Dué, depuis des siècles, le poussa enfin :

— Lucienne, vous êtes merveilleusement jolie et...

Le fin visage féminin eut une crispation. Elle écoutait sans bienveillance. Il se sentit triste, car la phrase lui coûtait déjà à rassembler dans son esprit. Il aurait donc aimé une attention cordiale, même, s'il eût fallu, un peu miséricordieuse. Il savait bien en effet que sa science de la vie était nulle. Mais être compris...

— Lucienne, vous êtes jolie. Moi, ma cousine, je suis sensible à votre beauté. Me comprenez-vous ?

— Oui, comme au théâtre...

La phrase incompréhensive le blessa, mais il se contraignit à continuer :

— Je suis sensible à votre grâce, Lucienne. Mais être sensible, c'est peu de chose. Et devant une femme ce n'est rien, car... Il s'arrêta...

— ... Car cela ne sort pas de soi. On l'éprouve comme un don reçu quand on voudrait donner soi-même...

Lucienne avait tourné vers lui les yeux

ennuyés qu'elle dirigeait toujours vers ses parents lorsqu'ils lui faisaient des reproches. Elle ne suivait pas la pensée cahotante du pauvre adolescent qui eût voulu lui dire délicatement son amour.

— Lucienne, ce qu'on éprouve ne se voit pas. Il faut des mots pour le faire entendre à autrui. Moi, je voudrais vous le dire mieux que personne, mais je n'ai pas le secret des paroles qui transfèrent...

Il voulait dire « l'amour », mais sa langue sécha dans sa bouche et il articula piteusement :

— ... l'amitié.

Il continua :

— Alors, je m'en rends bien compte, j'ai l'air d'un sot. Le premier garçon de café ou de magasin saurait mieux dire que moi qu'il vous trouve belle. Il le sentirait moins, mais il l'exprimerait plus joliment.

Elle dit ironiquement :

— Je croyais que dans vos études on vous apprenait à bien faire les discours.

— Hé ! ma cousine, quel rapport y a-t-il entre les discours des classes et les mots que l'on dit dans la vie ? Certainement, on nous apprend à parler, mais de quel langage ampoulé et burlesque. Moi je voudrais ne vous dire que des mots sortant du cœur. Voilà : je ne sais pas !

Elle fut touchée par l'humilité de la parolé et du ton. Une femme est toujours satisfaite quand l'homme plie le genou devant elle.

— Non cousin, vous allez, comme tous les personnages de science, chercher midi à quatorze heures. Je ne sais pas du tout si je suis jolie...

Ce disant elle présentait son gracieux visage de trois quarts, avec une astuce délicate. Les pupilles glissaient aux angles des paupières et cela donnait un profil galant, très dix-huitième siècle, attirant et lascif. Elle savait cela d'instinct. Il le vit. Elle attendait une remarque mais il était trop attentif à s'analyser en écoutant ces précieuses paroles de femme pour interrompre. Elle continua :

— Je ne sais vraiment pas si je suis jolie et même si vous le pensez...

— Oh ! ma cousine, vous me blessez...

— ... mais ce dont je suis assurée, c'est qu'il ne faut pas se tracasser tant pour le dire quand on le croit. C'est toujours bien dit, puisque c'est dit.

Il baissa la tête. La leçon s'attestait bonne. Et pourtant elle ne le satisfit pas. Il tenta de se disculper.

— Lucienne, je ne puis pas vous dire que je vous trouve jolie comme je dirais à Angèle, ma bonne, de me donner mon pardessus. C'est là ce qui nous sépare. Vous admettez qu'il faille dire tout sur le même ton. Eh bien moi, je vous trouve adorable, mais je ne sais pas comment l'exprimer avec délicatesse.

— C'est dit...

Les deux syllabes sonnèrent comme un soufflet. Jean, embarrassé, se tut une minute. Il ronsait avec désespoir : « Je ne saurai donc pas lui parler comme il faudrait. »

— Non, cousine, ce n'est pas dit. Je voudrais l'exprimer comme je le ressens et ce n'est pas si simple qu'un mot de garçon coiffeur tentant de séduire une servante.

Lucienne ne répondit plus. Courageusement, il reprit encore :

— Moi, Lucienne, je suis un garçon d'étude. Je connais peu les femmes.

Elle dit aigrement :

— Vous avez au moins quinze cousines Dué et autres, avec lesquelles vous jouez au tennis. Je vous ai vu cent fois passer avec des raquettes.

C'était vrai ! Jean resta pantois. Il disait ne pas connaître les femmes, mais souvent gîtait chez lui une bonne demi-douzaine de jeunes parentes. Or il se sentait très à l'aise avec elles. Il échangeait même des réflexions hardies. Plus hardies qu'il n'eût osé avec cette fille de pauvres qui se tenait devant lui en ce moment. La psychologie du jeune homme fut donc prise en défaut et se déchira toute, comme une maille lâchée fait une longue blessure le long d'un bas de soie.

Elle sentit le triomphe :

— Jean, voilà la vérité, vous n'oubliez pas de penser que vous êtes un Dué riche et que je suis une Dué pauvre. Alors vous ne voudriez pas parler à une pauvresse comme à vos cousines des grandes familles...

Il interrompit, coléreusement :

— Lucienne, vous voilà injuste. Vous êtes devant moi comme un être infiniment précieux, dont j'ignore même s'il est de mon sang. Je ne sais qu'une seule chose : vous êtes là. Vous êtes seule avec moi et je puis vous admirer sans avoir à en rendre compte à la galerie. C'est d'ailleurs ce qui me gêne. Soyez assurée que dehors, sous cent yeux, je ne serais pas si emprunté que je puis vous sembler. Je passe pour avoir une conversation brillante. Je tiens tête à mes professeurs et ne suis plus un enfant. Mais nous sommes face à face et je n'ai que ma sincérité à offrir. Eh bien, Lucienne, cette sincérité-là c'est une chose que je n'ai pas beaucoup l'habitude de manier. Et je reste stupide à vos yeux, parce que je voudrais parler comme un jeune homme ému, parce que je suis ému, mais mon désir de paroles vraies ne trouve plus ses mots.

Elle comprit son embarras, et que, peu à peu, par tous chemins il en viendrait à lui dire qu'il l'aimât d'amour.

Elle ne l'aimait pas. Cette verbosité tumultueuse de l'étudiant l'agaçait désormais. Elle n'avait pas conscience de s'être offerte un instant plus tôt ; et qui le lui eût dit l'aurait indignée. Pourtant elle savait avoir désiré une familiarité plus franche, moins éloquente et surtout plus fraternelle. Son cousin était riche et cela la propensait déjà à la déférence. Elle se serait complu par conséquent à le respecter. La différence des castes était pour elle un fait acquis et hautement justifiable. Mais il fallait que Jean sût aussi comprendre en quoi sa propre qualité lui donnait un droit, une sorte d'autoritaire puissance devant laquelle sa cousine aimerait à plier. En un sens, lorsqu'elle tentait le jeune homme, c'était moins pour son plaisir personnel à elle, que pour l'aider à rétablir, lui, la hiérarchie sociale qu'il laissait tomber en quenouille.

Ce sentiment était, bien entendu, confus dans cette enfantine Psyché. Tous deux se trouvaient toutefois séparés par un abîme, dans leur ardent désir de se rapprocher.

Ils en avaient conscience. Jean s'en irrita. Il accusait les siens de n'avoir pas su l'éduquer pour des circonstances si importantes et qu'en

son esprit vivement tourné vers l'absolu il avait
tendance à croire désormais quotidiennes, dans
la vie des hommes de son rang. Mais Lucienne
tenait presque Jean pour un sot et peut-être,
en son incapacité à comprendre la timidité,
pour un orgueilleux hypocrite capable de
dissimuler ses désirs sous un masque d'austé-
rité absurde. Jamais elle n'aurait cru que
son cousin pût ignorer tout de l'amour. La timidité ne pouvait s'allier à ses yeux qu'avec la
dépendance et la pauvreté.

Jean, le premier, tenta de renouer un entretien auquel elle avait renoncé.

— Lucienne, qu'allez-vous faire maintenant ?

Elle était si loin de cette question qu'elle le
regarda un instant sans entendre.

— Mais... je vais m'en aller.

Il sursauta...

— Vous n'y pensez pas, Lucienne.

Elle n'y pensait pas en effet, mais redit avec
une ingénuité fictive :

— Que puis-je, faire, Jean ?

Il reprit pied dans la vie.

— Lucienne, vous êtes venue à minuit me
trouver. Ce n'est pas pour partir après deux
heures de conversation...

Il hocha la tête avec un sourire.

— ...où je ne fus point brillant.

Avec l'effronterie féminine, elle voulut prouver que son désir était réellement de partir. Il lui coupa la parole :

— Voyons, Lucienne. Vous avez fui votre famille. Vous avez l'intention de ne pas revenir là-bas. Je crois que vous avez raison. Mais seulement dans l'absolu. Pratiquement il vous faut trouver à arranger une existence qui ne soit tout de même pas pire que celle qu'on voulait vous imposer. N'est-ce pas juste ?

Elle inclina la tête en signe d'approbation. En soi elle pensait : « Qu'est-il besoin de revenir sur ces choses-là. On le sait bien. Je viens de ficher mon camp... »

— Mais, ma cousine, l'argent que je puis vous donner ne constituera pas une fortune. Et, d'autre part, que de difficultés je vois à votre départ pour Paris.

Il parlait comme eût parlé sans doute son père. Ses mots venaient lentement. Il avait le plus vif désir de serrer de près la vérité.

Elle leva une main en l'air, avec un vague signe qui pouvait signifier son indifférence et articula :

— Mon cousin, nous autres, pauvres, nous ne faisons pas tant de chichis. Je m'en irai à Paris sans réfléchir. Sur place je verrai comment agir. Les plans à longue échéance sont les trucs d'oisifs, qui ne feront jamais ce dont ils parlent.

Il se tut.

Encouragée par le silence, elle continua, avec une âpreté qui croissait sans qu'elle s'en aperçût.

— Jean, si vous étiez un homme mûr, vous pourriez peut-être me servir, mais vous êtes un lycéen. Je ne suis venue que pour être hospitalisée un instant. Ce fut un relais. Mais mon plan est fait. Une femme ne doit pas être embarrassée pour vivre à Paris.

Il ne suivait pas la pensée farouche de l'enfant et interrompit :

— Une femme l'est plus qu'un homme, je crois. Il lui manque la force physique. Cela, à tout le moins, peut se monnayer partout.

Elle eut un rire strident.

— Mais non, Jean, vous vous trompez. Une femme a des ressources. Vous m'avez trouvée jolie...

De le voir si éberlué, elle eut pitié et se leva.

— Ah ! Jean, mon cousin, que vous êtes loin des choses réelles, de ce qui advient chaque jour et chaque heure autour de vous.

Elle se prit les hanches et son geste glissa par devant, jusqu'à ce que les mains se rencontrassent.

— Eh bien, Jean, vous ne saviez pas que cela se vendait ?

Il se leva à son tour, bouleversé par le ton

désespéré de ce mot cruel. Voulant dire quelque chose, il resta aphone et sentit ses yeux se mouiller. Puis une pitié immense le poigna.

— Ma pauvre Lucienne, à quoi penses-tu là ?

Le tutoiement la frappa en pleine face. Elle oscilla et lui tomba entre les bras en pleurant à gros sanglots.

Et tous deux mêlèrent leurs larmes.

CHAPITRE V

Refoulement

RONSARD, *Folastrie* III.

Jean Dué, blême et triste, redescendit et vint s'asseoir à nouveau devant la table où gisaient toujours le Shakespeare et l'histoire de France. Le jour naissait. Une lueur jaune entrait timidement par la fenêtre. Elle accrochait des teintes légères un peu partout et donnait aux choses un relief inattendu. Il frissonna.

Il venait de mener coucher sa cousine. Elle s'était mise au lit devant lui. Il revécut ces minutes aiguës.

Après, tout à l'heure, qu'ils eurent pleuré ensemble, Lucienne s'était excusée de son moment de découragement. Lui comprenait mieux maintenant cette âme ardente et portée vers les sacrifices extrêmes. Sa psychologie d'étudiant inspirée des formules raciniennes, lui rendait pourtant fort douloureuses certaines affirmations impudiques.

Il devina que, désormais leur conversation serait une sorte de combat. Elle ne craignait point, en effet, le cynisme, ou ce qu'il tenait pour tel. Or Jean aurait voulu faire entrer de force ce petit destin, déjà infiniment chéri, dans un cadre strict, rassurant pour l'esprit, et surtout moral. Mais son impuissance à aborder une discussion exacte et certaine sur l'avenir de sa cousine lui apparut aveuglément.

Il dit alors :

— Lucienne, voulez-vous vous coucher ?

— Où ? dit-elle.

— Dans mon lit.

Elle le regarda âprement, avec, dans les plis de la bouche, une question non formulée, et qu'il ne sut lire avec précision. Il baissa les yeux.

— Oui, Lucienne. Moi, je vais rester ici. La bonne va arriver dans trois heures sans doute. Vous reposerez durant ce temps. Vous en avez plus besoin que moi. Je veillerai jusqu'à ce moment-là. Alors je monterai vous avertir et vous gagnerez la petite chambre, sous le toit, où l'on met les vêtements hors de saison.

On y est moins bien que dans la mienne toutefois. Là, vous resterez cachée jusqu'à une heure
après-midi. Angèle partira vers ce moment-là,
comme de coutume, après avoir préparé le
déjeuner, et je lui dirai ma très grande faim...

Lucienne répondit anxieusement :

— Oui... Oui !...

Ils montèrent tous deux en silence. Jean
regardait avec une sorte de crispation décou-
ragée la forme souple de ce corps deviné sous
la mince jupe.

Lorsqu'elle fut dans la chambre du jeune
homme, Lucienne défaillit, vaincue enfin par
la lassitude.

— Mettez-vous au lit, cousine. Tantôt nous
aurons des loisirs pour parler de ce que vous
ferez demain.

Elle approuva.

— Je m'en vais, dit-il enfin, après un silence.
Vous êtes chez vous.

Elle murmura :

— Asseyez-vous un instant. Jean. Nous nous
quitterons ce soir et ne nous reverrons peut-être
jamais. Il ne faut pas se fuir ainsi.

Il reprit :

— Mais, Lucienne, pour vous mettre au
lit...

Elle haussa les épaules.

— Préjugé, Jean ! Je sais bien que rien ne

peut vous troubler. Vous pouvez rester ici à converser jusqu'à ce que le sommeil me prenne. Seule, jamais je ne m'endormirai.

Il s'assit.

Elle quitta ses chaussures.

— Je vais m'étendre tout habillée.

— Vous voyez bien, c'est moi qui vous gêne ?

Elle le regarda avec un visible dédain :

— Non, Jean, je n'ai pas de secrets à vous cacher. Mais lorsque votre servante va venir, il me faudra peut-être fuir vite ?

— Non, Lucienne. Elle ira droit à sa cuisine et n'en sortira qu'une heure après. Il lui faut laver la vaisselle d'hier, allumer, faire mille choses qu'elle a laissées pour courir son galant.

— Cela ne vous ennuie pas que cette femme sorte ainsi.

— Ma mère n'aimerait pas cela. Je ne crois pas qu'elle la mette néanmoins à la porte pour si peu. Mais moi je comprends bien qu'Angèle n'a aucun bonheur sur terre et qu'il faudrait être féroce pour la priver de celui-là.

— Vous êtes bon !

— Je voudrais l'être, Lucienne. Mais on n'est pas bon quand on veut.

Elle avait quitté prestement ses bas, pour ne pas montrer sans doute qu'ils fussent troués. Lui avait deviné et semblait s'attacher à regar-

der ailleurs. Nu-pieds, elle resta debout, hési-
tante.

— Fermez les yeux, Jean !

Il les ferma.

— Vous ne les rouvrirez pas par surprise ?

— Lucienne, je suis un homme d'honneur.

Elle eut une courte injure au bord des lèvres,
puis avec un rire silencieux, quitta sa jupe.
Elle alla l'étendre sur une chaise derrière
Jean, pour pouvoir passer près de lui.

Comme elle le frôlait sciemment il étendit
la main et saisit le corps presque nu.

— Vous trichez, ce n'est pas bien.

— Non, Lucienne, je n'ai pas ouvert les
yeux et ne les ouvrirai que sur votre ordre.

Elle lui échappa, défit son corsage, puis une
ceinture basse, caparaçonnant le ventre, et
rapide, ouvrit le lit où elle se glissa.

Elle attendit un instant.

— Je puis regarder ? demanda-t-il.

— Ah non ! pas encore, dit-elle gaiement.
Je suis toute nue.

— Bon ! j'attends.

— Allez-y alors !

Il regarda.

— Vous êtes bien ?

— Bien.

— Allez-vous dormir ?

— Si je suis assurée que vous ne profiterez pas de mon sommeil.

— Moi, profiter... Lucienne, vous me jugez mal !

— Je riais.

— Il ne faut pas rire comme cela. Tout soupçon d'indélicatesse m'est pénible.

Elle sortit du lit son bras nu.

— Jean, il y a souvent deux indélicatesses opposées, l'une qui consiste à dire oui, l'autre à dire non. Quelle est la mauvaise ?

— Je ne vous comprends, pas, Lucienne.

— Tenez, je suppose deux amoureux ensemble.

— Oui ! Hé bien ?

— Aux yeux de la femme qui aime ne serait-il pas indélicat de se conduire avec elle en monsieur correct, mais froid ?

Jean leva les sourcils en signe d'étonnement.

— Ma cousine, il me semble que vous avez raison. Mais je ne sais pas du tout, dans la pratique, comment la délicatesse et son contraire inspirent les rapports d'amants.

— Enfin, Jean, vous ne lisez donc que des livres dont l'amour est absent.

— Mais non, cousine. Les œuvres que nous lisons sont même exclusivement des histoires amoureuses. Il en est de hardies, comme la Phèdre de Racine.

— Alors, vous devez avoir une opinion là-dessus ?

— Lucienne, si je parlais à un homme de mon âge, j'aurais une opinion. Je ne crois pas qu'elle serait bien fameuse mais elle existerait. En tout cas elle ne m'engagerait à rien.

— Hé bien, avec moi cela vous engage.

— Oui, Lucienne, car je vous trouve belle et même je suis embarrassé pour vous le dire. Je suis donc gêné pour vous parler d'amour.

— Venez m'embrasser, mon cousin, et sauvez-vous. Je crois que vous me diriez des choses...

— Hélas non, Lucienne, je ne vous dirais rien.

Il se penchait sur le lit. Elle sortit ses deux beaux bras nus et le prit par la nuque.

— Jean !

— Lucienne ?

Elle lui posa encore ses lèvres sur la bouche et il connut la même détente galvanique sentie en bas une heure plus tôt.

— Jean, vous êtes un petit sot.

— Je le sais, Lucienne. Mais excusez-moi de toutes les sottises que l'ignorance m'a fait vous dire.

Elle le tenait toujours.

— Ah ! Jean, dire que dans quelques heures nous nous quitterons pour peut-être ne jamais plus nous voir...

Il était entraîné malgré lui et s'appuya pour se retenir des deux mains sur les épaules lisses qui sortaient des draps. Elle eut un frisson violent à ce contact et il l'entendit nettement grincer des dents. D'un geste encore, elle attira la tête du jeune homme et le mouvement dénuda les seins.

Jean sentit un exécrable désir de porter la main sur ces formes légères, harmonieuses et crêtées de pourpre. Il se releva, détachant le lien délicat des bras de sa cousine.

— Lucienne, vous allez attraper froid !

Elle ne se couvrit pourtant pas, les mains ouvertes au bout des bras écartés et les draps abaissés sur la poitrine. Ses yeux assombris regardaient le plafond avec un air de douleur et de haine.

Jean remonta les draps sur les seins.

— Je vous laisse, Lucienne. Dormez. La journée sera chargée.

Il se dirigea vers la porte. Elle n'abaissa pas son regard.

Il sortit. Alors, avec un mouvement nerveux des épaules, Lucienne murmura un mot de mépris.

. . . .

Jean n'avait pas entendu le mot d'adieu de sa cousine, mais il avait le sentiment très net de ne savoir lui parler. Que fallait-il dire et comment ? Il l'ignorait. Il agirait toutefois de son mieux, pour être agréable et utile à la fillette en fuite. Jamais il ne lui serait venu à l'esprit de profiter de ce que Lucienne fût chez lui pour tenter des attouchements et des jeux capables de mener... Il savait très bien, si neuf qu'il fût, où cela menait. Mais outre le préjugé précis d'un mur élevé entre sa cousine et lui, il pensait que son rôle de protecteur dût avilir infiniment tout ce qu'il pourrait tenter de salace. Il considérait, avec un sens moral exact, que, recevant la jeune fille, seule et perdue dans la vie désormais, surtout si elle ne rentrait plus chez elle, il avait toute l'autorité nécessaire pour abuser de la situation. Donc il ne le ferait pas. Il ne se trompait point d'ailleurs en ses vues d'ensemble. L'erreur commençait dans la fallacieuse importance attribuée aux actes par lesquels se manifesterait l'abus.

Mais surtout veillait en lui une curieuse flamme d'orgueil. Même à supposer qu'il oubliât tant de raisons justifiant ou nécessitant sa correction d'attitude, il ne se serait point décidé à tenter ce rapprochement galant qu'il ne connaissait que par une littérature, abondante certes et minutieuse, mais tout de même inférieure à l'expérience. Jamais il n'aurait, en effet, osé montrer à sa cousine qu'il fût un petit apprenti en matière d'amour.

. . . .

Il revoyait toutes les minutes passées là-haut avec Lucienne. Au fond, elles lui laissaient un souvenir délicat et parfait, que nul regret ne venait polluer. Il pourrait donc, dans sa vie, garder mémoire de cette nuit curieuse sans y mêler aucune amertume née d'actes fâcheux.

Pourtant, au fond de lui-même, veillait un étrange désir informulé.

. . . .

Le jour était venu. Grisâtre et triste, il convoyait, eût-on dit, une humidité glaciale dans sa lumière fade. Jean Dué rêvait, l'esprit vide et le cœur las. La fuite de sa cousine lui offrait un sujet de curiosité toujours renaissant. Non pas qu'il mit en doute sa légitimité. Il pensait en effet qu'à certaines circonstances on ne peut faire face que par des actes libératoires qui attentent aux communs préjugés. Mais devant la jeune destinée de Lucienne cela n'en ouvrait pas moins de terribles perspectives. Il avait l'esprit juste et savait penser avec méthode, aussi admettait-il encore l'acte accompli sur lequel on ne saurait revenir. De toute évidence, Lucienne ne pouvait plus reparaître chez ses parents sans danger. Mais le danger était-il moins grands dans la vie d'aven-

tures que la jeune fille provoquait ? Jean aurait
voulu le savoir et tentait par le seul raisonnement de résoudre ce problème qui lui échap-
pait. En même temps qu'il dirigeait droitement
ses pensées, voulant se convaincre que seul
l'intérêt humain et familial le guidait, une
trouble curiosité venait le hanter. Il se souve-
nait des attitudes lascives de l'adolescente.

La matière ne lui laissait toutefois pas de
louche tentation.

Ainsi dans ce cerveau ardent roulaient mille
choses opposées et sans lignes. L'articulation
des raisons et de la logique ne se faisait pas
et Jean laissait flotter cette foule mentale,
tandis que là-haut, dans sa chambre, une
fillette curieuse et passionnée, insoucieuse de
l'orage qu'elle avait créé, reposait sans rêves,
aussi à l'aise que si son destin eût été tissu
d'avance, jusqu'à la tombe, de roses et d'or.

. . . .

Huit heures sonnèrent. Jean s'éveilla d'un
cauchemar absurde et dégradant. Ses paupières
collaient aux yeux. Il avait l'échine raide et
les pieds glacés. Les muscles de son cou lui
étaient douloureux et fragiles, comme si le
moindre mouvement eût dû les briser. Il
regarda autour de lui, ayant peine à se remettre
dans le courant des réalités.

Une lueur filtra peu à peu dans sa pensée

obscurcie. Il dut en centrer les rayons, séparer les choses réelles du rêve qui avait accompagné son cerveau jusqu'à l'éveil.

D'abord il mélangea à ses sensations d'éveil cette course éperdue qu'il accomplissait en songe avec une femme courant devant lui et qu'il avait un mal exténuant à suivre. Il revoyait sa compagne arrêtée par une foule hurlante qui la piétinait. Désarmé et désespéré, il s'efforçait de la défendre, mais ne sortait-elle pas intacte et riante de la colère publique. Et c'était Lucienne qui se moquait en disant : « Pourquoi n'es-tu pas venu me frapper le premier ?... »

Il se passa la main sur le front.

Quelle nuit.... Pourquoi se sentait-il si las ? Combien le devoir et le plaisir doivent être difficiles à découvrir lorsqu'on est ainsi déprimé? Pourquoi n'était-il pas allé se coucher ? Il y avait des lits dans la maison. Deux chambres de réserve et deux chambres domestiques non occupées. Mais le désir profond de sa chair et de sa pensée était que l'aventure lui fût lourde. Il se serait méprisé de dormir en paix et sans souci quand une partie du destin de sa cousine reposait sur ses propres décisions.

Et au tréfonds de son esprit se formulait encore cette idée : « Je suis d'un rang social au-dessus d'elle et c'est mon devoir d'avoir souci de choses la concernant qu'elle ignore et néglige. »

Pourtant il savait qu'elle fût au fond mieux informée que lui des contingences de la vie matérielle. Que tout cela était donc difficile à démêler !

Il erra dans la vaste maison. Une poussée secrète tendait à le ramener vers sa chambre, là où Lucienne reposait, mais il n'avait pas un net sentiment de ses propres impulsions. Une force contraire aussi, luttait pour qu'il se conduisît en galant homme et laissât sa cousine dormir jusqu'à l'heure dite.

Il visita la cuisine et s'aperçut d'avoir laissé ouvertes les portes du placard aux vins et liqueurs. Il remit le porto à sa place et lava gauchement les verres dont Lucienne et lui avaient usé. Il effaça les traces de cette extraordinaire visite qui boulevarsait si profondément sa pensée, et cela le divertit un moment. Il allait de çà de là, oubliant la fatigue d'une nuit blanche. Il but du café froid et tenta de retrouver son calme intellectuel coutumier. La nouveauté de l'événement, tantôt lui paraissait exquise et « littéraire », tantôt emplissait son avenir de menaces. Et partout le sourire aguicheur de Lucienne le hantait, avec, de temps à autre, les souvenirs des seins nus et des bras frais haut levés qui se refermaient sur sa nuque pour le mener, comme les diables font sur les tableaux de primitifs, aux barathres infernaux où l'amour est maudit...

Il tenta de coordonner sa pensée en consultant quelque auteur renommé pour être de bon conseil. Il lui eût fallu un Montaigne. Mais le sien était dans sa chambre et il n'osa entrer dans le bureau de son père. Il avait toutefois une Bible, il l'ouvrit à trois reprises sans y lire la réponse désirée. A qui demander conseil ? Il trouva encore un Virgile. Il le saisit et laissa le volume bâiller seul. Avec hésitation, comme s'il accomplissait un acte décisif, il porta les yeux au hasard vers le milieu d'une page et lut :

Oculisque errantibus alto.
Quæsivit cœlo lucem ingenuitque reperta

Un flot de sang inonda sa face et il jeta le livre avec colère. Car, en lisant, c'était le buste nu de Lucienne Dué qui s'offrait à travers les mots latins...

DEUXIEME PARTIE

Deux Cœurs

Je pris congé de la Marquise, qui me remercia sans embarras et avec une effronterie supérieure, du service que je lui avais rendu, ajoutant, avec un coup d'œil expressif, qu'elle épargnerait à ma modestie d'en faire le récit devant le monde...

Abbé Terray,
Les Lauriers ecclésiastiques.

CHAPITRE PREMIER

Le Joli Gouffre

Quelle aimable fripone ! Le plaisir est son but. Elle l'affiche, sa gloire d'exciter des désirs et le premier devoir qu'elle s'impose c'est de les couronner. L'Amour, le Plaisir, voilà les arbitres du sort de l'aimable Madelon Baron.

RESTIF DE LA BRETONNE,
Le Paysan perverti (Lettres).

Jean entendit la clef que la servante Angèle introduisait dans la porte d'entrée. Il jeta un prompt regard autour de lui pour voir s'il n'oubliait rien qui dénonçât l'étrange visite de sa cousine. Rassuré, il se précipita dans l'escalier.

Quand il fut devant la porte de sa chambre il hésita. Fallait-il frapper, ou pénétrer d'autorité ? Peut-être même Lucienne avait-elle refermé au verrou après la sortie de son cousin....

Jean, la main levée, hésita un instant, puis d'un coup de volonté il poussa l'huis.

Lucienne endormie tournait le dos à l'entrée. On percevait, tendant les draps, la rotondité des hanches. Le visage, perdu dans l'oreiller, restait invisible.

Jean vint au bord du lit.

— Lucienne ?

Il avait à peine chuchoté. Elle n'entendit pas.

Il redit :

— Eveillez-vous, Lucienne !

Sans doute perçut-elle le bruit léger d'une voix. Cette sensation resta inconsciente, mais la fit agir. Elle se plaça alors sur le dos. Jean vit un visage boursouflé et laid, mais d'une puérilité merveilleusement attendrie.

Il se connut d'une indiscrétion écœurante et faillit se retirer. Mais le moment était trop grave. Il la toucha enfin légèrement à l'épaule.

— Lucienne ?...

— Quoi... Quoi ?

Elle se réveilla, la face hagarde, effarée et sinistre.

— Lucienne !...

Elle le regarda sans d'abord le reconnaître, puis ses traits se détendirent.

— Ah ! mon cousin, vous m'avez fait une peur...

Elle riait maintenant, redevenue gracieuse et charmante.

— Bonjour, Jean !

— Bonjour, Lucienne ! Vous savez que la bonne vient de rentrer.

— Elle est rentrée ?...

Ne se souvenant plus de ce qui lui avait été dit avant son coucher, elle crut à quelque catastrophe et se leva avec épouvante.

— Elle est...

— N'ayez pas peur, Lucienne.

— Mais elle va me trouver...

Le joli visage exprima soudain une terreur folle. Jean en fut douloureusement surpris. Faut-il que de pauvres êtres sans maîtrise d'eux-mêmes se laissent ainsi défaire et abêtir ?

— Ne tremblez pas, Lucienne. Habillez-vous et je vais vous mener là où j'avais dit. Vous redescendrez pour déjeuner et nous serons seuls à nouveau.

— Elle n'a rien vu ?

— Mais non, Lucienne. Je ne l'ai pas vue moi-même. J'ai entendu qu'elle arrivait.

Tout cela s'ordonnait mal dans ce cerveau de fillette. Elle ne concevait pas la discipline ancillaire, et imaginait Angèle rôdant désormais dans la maison.

— Allons, Lucienne, habillez-vous vite.

Il avait dit cette phrase en riant, mais elle y vit un ordre si catégorique que sa terreur revint.

— Oui... Oui.

Elle sortit du lit, sans embarras, d'une secousse. Elle était nue, ayant sans doute, comme beaucoup de fillettes, quitté sa chemise en dormant.

Jean, effarouché, mais tenu par un instinct profond, recula avec des yeux ardents et cupides.

— Je vous laisse trois minutes seule, Lucienne...

Elle eut un frisson d'effroi.

— Non... Jean, restez, je vous veux ici... Si on me trouvait...

Il dit en riant :

— Ma cousine, on trouverait bien plus malséant que je sois là. Pas la bonne, bien sûr, à qui c'est égal...

Mais il n'avait pas compris la pensée de la jeune fille et elle l'interrompit pour retorquer avec des yeux inquiets :

— Jean, j'aime mieux, si on vient, qu'on croie...

— Qu'on croie quoi donc, cousine ?

Elle eut un demi-rire nerveux et son regard s'abaissa.

— ... que nous nous sommes aimés, que...

— Que ?...

Elle parut n'oser s'expliquer. Il questionna encore :

— Que ?...

Elle articula tout à trac :

— Mais, Jean, une femme seule, on croirait qu'elle est venue voler...

Il resta ahuri et la bouche close. Cette supposition paraissait si extravagante que les mots lui manquèrent.

Cependant, car elle avait repris son activité de femme surprise nue et qui s'habille en hâte, les gestes prompts de sa cousine fermaient peu à peu les regards vers sa chair.

Il avait senti son regard brûler, et ses paumes, lorsque sans honte la jeune fille sauta hors des draps entortillés. Aucune analyse ne donna alors à ses sensations une forme nette et doctrinale. Il n'eut même pas le sentiment d'une impudeur commise. Il était comme une vierge qui verrait devenir chair un marbre d'homme sexué. La ligne de démarcation du chaste et de l'impur se trouva sautée si vite que Jean Dué fut placé devant un corps de femme nu, strictement pourvu de tous les détails de son sexe, et ignorant même toutes réserves, avant que son intelligence eût le temps de comprendre le fait.

Il resta donc une minute dans cette sorte de transe physiologique que recherchent, presque toujours sans y parvenir, les amants trop loin de l'instinct pur.

Mais il se domina et voulut enfin rassurer

Lucienne qui craignait d'être prise pour une voleuse.

— Personne ne l'aurait pensé, cousine.

Il devina pourtant que cette enfant du peuple tînt l'amour pour chose excusable et naturelle, morale même, sans doute, et qui s'excluait seule des situations inconnues ou très étranges. Trouver une femme chez soi, c'est arrêter une voleuse.

Lucienne se vêtait donc prestement. Jean, debout, aurait voulu s'asseoir. Il se sentait las. Il craignait tout de même un peu qu'Angèle ne montât. Pour rien au monde il n'eût d'ailleurs exposé ce souci. En sus, il pensait que regarder, assis, une femme s'habillant dût être d'une suprême insolence.

Lucienne, elle, songeait à tout autre chose qu'au savoir-vivre spécial devers les femmes en chemise. Elle se crispait sur ses jarretelles et maudissait les boutons-pressions de son corsage avec autant de naturel que si elle eût été seule.

Pour ce, le spectacle n'aurait pu manquer d'être original aux yeux d'un Don Juan un peu informé... Les femmes, en effet, s'habillent rarement avec simplicité en présence des hommes. Mais Jean restait un lycéen émerveillé devant une petite fille pourchassée, désireuse de tôt s'enfuir...

Le jeune homme, voyant pour la première fois une toilette féminine, goûta mal son charme et sa grâce. Il eut même, en contemplant sa cousine nue, une déception. C'est qu'il ne connaissait le corps de l'autre sexe qu'à travers les mythologies sculptées. Il vit donc Lucienne vraiment trop différente de la familière Vénus de Milo. Où trouver en elle l'incurvation des hanches et la sphéricité de formes tenues pour canons mêmes de l'esthétique ? Sa cousine avait un corps sec et garçonnier. Jean en perdit la curiosité avec le désir. Une seule chose le toucha toutefois au plus profond de sa sensibilité : la vue des aisselles ombreuses et d'une mince toison transparente aperçue lorsque Lucienne terrifiée avait jailli du lit.

Elle sut d'ailleurs, sitôt un peu de sang-froid revenu en sa petite âme, si bien se dissimuler que nue encore, et s'agitant, et se vêtant, elle ne manifesta plus ces nudités-là.

Sitôt habillée, elle regarda son cousin avec angoisse.

— Vous y êtes, Lucienne ?

— J'y suis, mais je ne suis pas peignée.

— Il y a là-haut tout ce qu'il faut.

Elle se rassura.

— J'ai eu peur...

— Mais de quoi donc ?

— Je ne sais pas... Je croyais que...

— Allons, cousine, c'est fini. Quand je suis avec vous, n'ayez donc peur de rien. Et maintenant, suivez-moi.

Il sortit le premier. Elle le suivait, docile et tremblante. Il la mena sous le toit dans un petit local éclairé par un œil-de-bœuf; deux lits non faits occupaient les angles. Des meubles anciens, qui sans doute n'avaient pas trouvé place ailleurs, se trouvaient disposés sans ordre autour du reste de la pièce.

— Comme c'est joli ici...

— Vous trouvez, Lucienne ?

— Oui...

Elle n'en pensait point un mot, mais la diplomatie féminine faisait en elle ses premiers pas. Jean ne fut pas dupe.

— Lucienne, vous allez vous étendre sur ce lit. Couvrez-vous avec la pelisse de mon père.

— Vous me laissez, Jean ?

— Il faut bien qu'Angèle me trouve au lit lorsqu'elle va m'apporter le chocolat, que je vous monterai d'ailleurs aussitôt...

— Je ne voudrais pas vous priver.

— Ne craignez rien. Tout ici est à ma disposition, si j'ai faim... et ça fait beaucoup de choses...

— Personne ne viendra ?

— Il n'y a ici qu'Angèle et moi. D'ailleurs

ce gîte ne possède qu'une seule clef, et je vous enferme en la gardant.

. . . .

Il redescendit et se mit au lit en hâte. Le parfum de Lucienne y flottait. Une nervosité étrange crût dans son corps.

Il songea :

« Ce parfum est terrible. On dirait qu'il pense. Il me faut l'abolir. »

Il répandit un flacon d'eau de Cologne à terre et sur ses draps. La vireuse odeur de néroli envahit tout, agit sur lui comme un anesthésique et il s'endormit.

. . . .

Jean s'éveilla plus tard, dans la hantise d'un cauchemar à répétition qui lui tordait les nerfs sans qu'il comprît le rapport de cette action douloureuse et de la fable banale.

Il était condamné à mort par quelques tribunal étrange et sauvage, mais catégorique. Seule, une chose pouvait encore sauver sa vie : rattraper une femme qui le provoquait d'agaceries. Il la poursuivait donc, et c'était une course folle, décourageante, entourée des cris d'une foule qui réclamait son condamné. Enfin, comme au bord d'un gouffre, il parvenait à saisir la femme, il voyait une vieille aux yeux chassieux et à la figure immonde. Alors, de lui-même, il se jetait dans le gouffre pour échapper à cette mégère... Au fond, sa cousine l'appelait...

Comme, somnolent, il tentait cependant de classer ses idées, il vit le chocolat fumant, sur le guéridon de nuit, dans une tasse bleu et or. Il comprit que la bonne n'avait pas voulu l'éveiller, et il en fut heureux, sans raison.

Rapide, il endossa un pyjama, mit des sandales, et monta avec la tasse retrouver Lucienne.

En le voyant elle poussa un cri émerveillé.

— Ma cousine, il ne faut pas crier comme cela.

— C'est ce costume, Jean !...

— Hé bien. Il n'est pas joli ?

— Si, certes. Je n'ai jamais vu d'homme habillé pareillement, de toutes les couleurs.

— Je l'espère bien, Lucienne !

Elle devina l'ironie et son front se plissa.

— Mangez, Lucienne !

Elle regardait tout avec stupeur.

— Allez, Lucienne, ne restez pas à bader ainsi. La camelote va refroidir.

Elle le regarda avec des yeux pleins de reproches.

— La camelote ?

— Oui... Que diable ! c'est on ne peut plus banal tout ça. Vous savez bien ce que c'est que du chocolat.

— On voit que vous êtes habitué...

— Vous voulez dire que je respecterais bien ces trucs-là si je n'en usais jamais. Vous avez tort, Lucienne.

— Vous êtes un type compliqué...

— Pas tant que vous, ma jolie cousine.

Après un regard aigu à son cousin elle mangea, puis ayant reposé la tasse avec précaution sur une table, glissa sous la pelisse.

— On est bien là-dessous, Jean. J'aimerais vivre ici cachée tout le temps.

— Toute votre vie ?

— Oh non ! Mais quelques jours.

— Que feriez-vous ?

— Je dormirais sous la pelisse.

— Comme emploi du temps...

— Vous viendriez me voir et nous causerions.

— De quoi ?

Elle eut un regard en coin et ne répondit pas.

— De quoi, ma cousine ?

— De ce qui vous plairait. Vous êtes le plus instruit, vous dirigeriez la conversation.

Jean, jusqu'ici, n'avait pas retrouvé ses émois troubles et inquiétants de la nuit et du lever de Lucienne. Mais la pente des mots prononcés l'aiguilla comme malgré lui sur la voie redoutable.

— Ecoutez, Lucienne, ma conversation vous ennuierait peut-être, mais la vôtre, elle...

Lucienne se mit à rire franchement. Repue et satisfaite de vivre, elle retrouvait son audace quotidienne que justifiait ce grand garçon aux gestes de nonne et qui semblait craindre de l'approcher.

— Ma conversation, Jean, c'est une conversation de femme, ça vous... ça vous offusquerait.

Il fut suffoqué.

— Comment, ça m'offusquerait ! Vous me croyez donc tout à fait ingénu ?

Elle fit « oui » de la tête avec un demi-sourire subtil.

Il devint écarlate, autant de colère que de honte.

— Si je voulais, pourtant, je vous en dirais...

— Dites, Jean.

— Je vous ferais sauver...

— Sauver, pourquoi ça ?

— Parce que vous seriez trop honteuse.

Elle s'amusait beaucoup.

— Peut-être bien, après tout. Faites voir si je vais me sauver.

Pris au piège il se trouva sot.

Au bout d'une minute, il s'approcha courageusement du lit où reposait Lucienne sous la pelisse et s'assit à hauteur des hanches. Son cœur se mit à battre.

— Lucienne !

Le ton implorant la surprit, elle se connut maîtresse de ce grand flandrin à la fois timide et audacieux.

— Dites-moi, Jean, que dites-vous à vos cousines Dué, les riches, lorsque vous conversez avec elles ?

— On parle... d'amour.

— Vrai ?

— Mais oui. Elles sont toutes très informées.

— Que nommez-vous informées ?

— Elles ont beaucoup lu.

— Comme vous ?

— Oui !

— Croyez-vous, cousin, que la lecture rende bien instruit en matière d'amour ?

Il ne répondit pas, puis au bout d'un instant demanda :

— Lucienne, lisez-vous beaucoup ?

— Non, presque jamais. Et puis, ça ne m'apprendrait rien.

Il renonça à lutter, et se pencha vers l'adolescente.

— Ma cousine, vous êtes trop savante pour un petit...

— ... cousin...

— ... innocent comme moi.

Il passa en tremblant sa main sous la fourrure.

— C'est tiède là-dessous.

Il eût voulu saisir le corps de Lucienne et sa face tendue révélait quel effort il faisait contre lui-même pour tenter cet attouchement.

Elle lui écarta brutalement la main.

— Hé bien, Jean, vous en avez des façons ! Qui vous apprit cela ?

Il sentit que jamais il ne saurait parler à cette femme, ni l'étreindre, et ce sentiment lui fut terriblement douloureux, mais il se releva avec dignité et froideur.

CHAPITRE II

Ironies

Il est beaucoup plus contre la pudeur
de se mettre au lit avec un homme qu'on
n'a vu que deux fois, après trois mots
latins dits à l'église, que de céder malgré
soi à un homme qu'on adore...

STENDHAL,
De l'Amour (De la première vue).

Quatre heures sonnèrent au cartel de la salle
à manger.

Lucienne Dué se servait avec délicatesse
d'une liqueur verte, prise parmi quatre bouteilles garnissant la table, encombrée d'assiettes
à gâteaux, de verres mi-pleins et des reliefs du
repas. A son côté, Jean Dué semblait rêver.

Ainsi les minutes charmantes se trouvaient
advenues. Jean, ayant dormi deux heures encore
dans son lit, au matin, s'était levé pour commander à Angèle un repas abondant. Hâtive
et désireuse de sortir, la servante s'empres-

sait à satisfaire son jeune maître, puis s'en allait aussitôt retrouver quelque amoureux. Jean courait alors chercher Lucienne et tous deux s'attablaient...

Ils avaient beaucoup à se dire mais ne savaient comment le formuler avec des mots. La jeune fille connaissait d'instinct l'art puissant, politique et féminin, qui consiste à adhérer aux opinions d'autrui tout en réservant ses actions propres. Elle aurait toutefois voulu dévier l'entretien dans un sens qui pût la servir. Mais les réflexions du jeune lycéen ne s'engrenaient jamais avec les données de son expérience. Aussi tous deux pressentaient-il un subtil malentendu. Il s'aggravait encore du besoin qu'avait sans cesse Jean de raisonner sur ce qu'il ne connaissait point.

Elle devinait bien que son cousin eût une trop parfaite ignorance de la vie à Paris — où elle désirait se rendre — pour pouvoir forger en imagination un enchaînement logique de faits probables. Il le comprenait d'ailleurs et en restait humilié secrètement. Ainsi les deux adolescents voyaient diverger leurs deux soucis et se guettaient sans cesse par peur de maladresses différentes et redoutées.

Mais le déjeuner s'effectua selon un rite trop inattendu pour ne pas créer une cordialité nouvelle. Jean, prétextant sa connaissance

de la maison, voulait servir, et il s'en acquitta
fort mal. Son étonnement fut réel lorsqu'il vit
sa cousine, expertement, le remplacer, sans
à-coups, dans une demeure qu'elle ignorait.
Elle découvrit un tire-bouchon, qu'il ne savait
où prendre, et fut en quelques minutes si
familière avec les aîtres que ç'en parut merveilleux. Un homme mûr eût vu là des prédis-
positions ancillaires spontanées, mais Jean ne
voulait point supposer que sa cousine eût une
âme de servante, et il préféra s'extasier sur
son esprit comme devant une révélation.

Le temps coula. Bientôt on en fut au dessert.
Jean étala des liqueurs auxquelles Lucienne
voulut largement goûter. Au début il éprouva
quelque gêne, lui le lycéen sobre, en voyant sa
cousine boire coup sur coup les verres d'alcool.
Mais il y découvrit enfin de l'agrément parce
qu'elle devenait ainsi plus familière et mieux
oubliait sa prudence.

Pour être au diapason, il but lui aussi.

Lucienne disait :

— Jean, tu m'as tutoyée une fois cette nuit,
J'exige que tu me tutoyes désormais.

Elle riait, nerveuse et féline, l'œil en coin.

— Oui, Lucienne. Je vais te dire « tu ».

— Parle alors, que j'entende ton « tu ».

— Tu es jolie.

Elle devint sérieuse, avec duplicité.

— Il ne faut pas dire ça.

— Hé, pourquoi donc ?

— C'est défendu.

— Par qui ?

— Par tout le monde.

Il éclatait de rire sans voir le piège ouvert.

— Tout le monde, mais personne ne sait que tu sois là.

— Bien entendu ! Mais c'est défendu en général à toutes les filles d'écouter les garçons qui leur disent qu'elles sont jolies.

— Est-ce défendu aussi aux garçons de le dire aux filles ?

Lucienne levait le doigt en l'air :

— Evidemment !

— Mais tu dois savoir la raison, cousine. Moi je n'ai jamais entendu dire ça.

— Ah ! voilà. Il faut tout te révéler. Et qui me donnera le prix de la leçon que je vais t'enseigner ?

— Moi !

— Mais, malheureux, tu ne sais pas ce qu'elle vaut. Si tu le savais tu n'en aurais pas besoin.

— Lucienne, tu fais du mystère dans une chose bien nue.

Elle éclata d'un rire roucoulant et long. Il la regardait s'esclaffer, avec une peur confuse d'être ridicule à ses yeux.

Enfin elle reprit :

— Ah ! tu as dit que c'était une chose bien nue ?

— Oui, pour exprimer que c'est une chose naturelle.

Elle rit à nouveau, déguisant un léger mépris et un attrait étrange pour ce jeune homme robuste et naïf.

— Je vais te dire tout. Voilà : il ne faut pas dire à une fille qu'elle est jolie parce qu'elle le croira...

Jean leva les sourcils en l'air, ouvrant des yeux ronds qui firent encore rire sa cousine.

— Si la fille le croit, cela prouve qu'elle est intelligente, dit-il enfin.

— Ah oui ! fit-elle avec un air finaud.

— Qu'as-tu l'air de faire entendre, Lucienne ?

— Tu le sais bien...

— Pas du tout. Je te dis que tu es jolie, tu le crois, rien de mieux.

« Si je savais que tu en puisses douter, je ne te le dirais pas. »

— Voyons, Jean tu ne veux pas comprendre. Si je te dis la vérité, tu m'auras fait marcher...

— Fait marcher ? Mais non !

— Enfin, tu dis à une fille, pas moi, qu'elle est jolie. Elle le croit. Donc elle t'en est reconnaissante, et elle peut avoir envie de te prouver cette reconnaissance. Elle...

Lucienne se tut et, mensongèrement, fit l'étonnée :

— On n'a pas frappé ?

— Mais non, et quand même, cela n'a pas d'importance. Je n'ouvre pas.

— J'ai cru...

Elle se tut, lisant le trouble que ses paroles versaient dans l'âme de Jean Dué.

— Tu ne m'as pas dit, Lucienne, comment une fille heureuse qu'un garçon la complimente peut désirer lui prouver son contentement.

— Hé bien, Jean, elle peut désirer l'embrasser.

— Alors, exécute-toi !

— Ah, mais non. Je te l'ai dit, je suis hors du jeu.

— Pas du tout. C'est toi le jeu lui-même.

Elle se leva et vint embrasser Jean sur le front, sagement.

Elle revint à sa chaise ensuite. Le jeune homme dit :

— Tu crois que la morale est en danger parce qu'une fille a embrassé un garçon comme ça ?

Elle chuchota :

— Des fois...

Lui voyait toutefois nettement la suite du raisonnement de Lucienne. Mieux, il en devinait le bien-fondé. C'est à force de beaux éloges que les Don Juan subjuguent les femmes. Au fond, l'art de la séduction doit être de complimenter au delà de la vérité et de la sincérité. Cela, pensait-il doit être extrêmement difficile.

L'alcool faisait rougir les joues de Lucienne Dué. Elle gagnait en grâce dans cette pièce grise où la lumière était morne, par la couleur sanguine qui délimitait les méplats de son fin visage.

Jean, à son tour, énervé par les liqueurs, conçut de pousser plus loin et si possible dans le réel ce capricieux dialogue d'analyse psychologique.

Il but un verre de kummel.

— Lucienne...

Il feignait l'humilité, cherchant la volonté sur les traits mobiles et délicats qui lui faisaient face.

— ... Lucienne, je te l'ai dit, je suis peu renseigné sur les roueries féminines, et je voudrais que tu pusses m'instruire. Je te trouve jolie mais je te dis cela sincèrement et non pas pour que tu m'en sois reconnaissante.

— On dit ça. Les hommes n'avouent pas.

— Tu as l'air de bien les connaître les hommes ?

Lucienne rougit violemment. Une inquiétude passa dans ses yeux. Vite, pour dissimuler son trouble, elle se prit les joues et pencha la tête vers la table.

— Dis ! tu les connais donc si bien que ça ?

Elle haussa les épaules, prise d'un prurit de sincérité.

— Jean, tu dois bien savoir, entre filles, depuis l'âge de douze ans, nous ne parlons que de ça.

— Ça ? dit sottement Jean.

Irritée et agressive, elle coupa :

— Oui, ça...

Ils se regardèrent en silence et Jean Dué comprit d'un coup l'abîme qui sépare les sexes.

Elle reprit :

— Toutes les expériences des sœurs plus grandes et des parentes, des pères et mères, des étrangers qu'on voit vivre, nous sont autant de matières à réflexions. A quinze ans une fille du peuple qui n'est pas bête en sait plus qu'un homme mûr sur...

— L'amour...

Elle acquiesça.

— Nous sommes en garde contre tous les procédés des hommes pour nous séduire.

Il railla :

— Malgré cette mise en garde, aucune fille n'arrive, dans cette ville, à vingt ans, sans avoir perdu...

Lucienne se mit à rire avec méchanceté.

— Tu parles comme un homme, Jean, un homme qui voudrait que les filles restent chastes, afin d'en profiter le premier. C'est le plus masculin des sentiments. Mais ne comprends-tu pas...

Sa voix s'élevait aigument.

— Ne comprends-tu pas que si les filles se donnent avant vingt ans, c'est pour être bien assurées de le faire à celui qu'elles ont préféré ?

Jean resta bouche bée.

— Oui, bien sûr ! l'homme ne voit la femme que comme un objet à soi réservé ou à un autre semblable, un... complice...

« Alors, qu'elle dispose d'elle-même sans son autorisation lui semble un vrai scandale. A ses yeux, il y a quelqu'un de lésé. Et il se juge le fondé de pouvoir de ce quelqu'un. »

Elle dévisageait son cousin avec insolence.

— Mais le rôle de la femme est de prouver qu'elle est maîtresse de soi. Voilà pourquoi elle prouve cette maîtrise en disposant de son corps. L'éducation des filles qui vivent dans la vie au lieu de rester à faire de la tapisserie chez leurs parents, leur connaissance des secrets par lesquels les hommes cherchent à les surprendre, éduquent en réalité le désir de la sélection. As-tu remarqué, Jean, que la fille reste généralement amoureuse toute sa vie de celui qu'elle eut pour premier amant ?

Jean fit un signe d'ignorance.

— C'est pourtant vrai. J'ai entendu parler de cela beaucoup de femmes âgées. Car dans mon monde, Jean, les femmes entre elles sont sincères et se confient volontiers. Toutes disent que leur premier amant a laissé une trace ineffaçable en elles. C'est que leur choix avait été bon.

— Mais si l'homme les a quittées, ou s'est marié ailleurs, leur choix n'était pas si bon que ça.

— Nous ne cherchons pas la durée du sentiment, Jean. Qui peut dire la chercher ? Qui peut dire comment le sentiment se conserve ? Nous cherchons sa plénitude. Bien des femmes ont elles-mêmes trompé leur premier amant ou l'ont délaissé. Elles espéraient un meilleur bonheur. Personne ne sait d'ailleurs, ni elles, ce qu'elles espéraient. Mais plus tard elles surent reconnaître que leur premier choix valait mieux que les suivants. Et c'est bien ce que j'ai voulu dire.

Jean, troublé par cette psychologie, démentant toute la littérature dont il était gorgé, médita un instant. Lucienne le regardait. Enfin elle but un nouveau verre de liqueur et se leva, l'air indolent. Il n'y avait qu'un pas à faire vers Jean, mais elle le fit comme s'il avait été infini. Arrivé au-dessus de la tête du jeune homme, elle se pencha en foudre et lui prit la bouche goulûment.

Etonné, mais plus encore possédé par ce baiser puissant et torride, le jeune homme tenta de refermer ses bras sur le corps féminin. Il le fit gauchement, mais avec une vigueur telle que la taille céda. Lucienne n'eut qu'à plier sur ses jarrets pour se trouver assise sur son cousin. Elle abandonna le visage mâle et recula, le buste tenu à bout de bras par Jean qui l'admirait.

Il remarqua les lèvres gonflées et rouges, qu'une humidité vernissait.

De si près, la face de Lucienne se montrait pleine de mystère et de secrets. Que pensait vraiment le cerveau caché derrière ce front harmonieux où retombaient des cheveux fous ?

Un demi-sourire flottait sur la bouche entr'ouverte de la jeune fille et Jean n'avait qu'à incliner les yeux pour entrevoir la forme des seins qu'il connaissait et dont le désir saisit brusquement sa volonté.

Il voulut chasser cette absurde tentation et ne put. Elle s'accrut en lui de tout ce que charriait de sexuel son sang brusquement agité.

Il ferma les yeux.

Lucienne revint s'appuyer sur son visage et il connut à nouveau le baiser redoutable.

Elle articula d'une voix lointaine et délicate, noyée et caressante :

— Jean !

Il crut qu'on l'interrogeait et peut-être en effet y avait-il une interrogation dans le seul mot que Lucienne avait dit.

Il prononça difficilement, car une sorte de contraction spasmodique de la gorge lui était à la fois douce et dure :

— Lucienne ?

Mais il ne bougea pas, retenant la bouche aimée, qui, sur ses propres lèvres, promenait une douloureuse et profonde félicité.

Alors, poussée par un désir cuisant, et sans doute par la colère de sentir cet homme si amorphe, elle le mordit violemment. Il sentit le goût du sang avant la douleur. Elle s'éloigna alors, la bouche serrée, blême et glaciale, puis murmura :

— Quelles folies nous allions faire !

Ces mots parurent n'avoir aucun sens, tant elle les avait dits de façon négligente et hautaine.

Il la regarda, congestionné, devinant très bien ce qu'il aurait pu prendre et qu'une femme n'offre jamais pour se le voir refuser. Il voulait retrouver sa pensée flottante. Pourquoi s'avisait-il de croire qu'un homme doit attendre une autorisation totalement et expressément donnée pour aimer une femme ? Il avait été éduqué dans la conviction que l'acte d'amour est important et notable, qu'il faut l'entourer moralement de toutes les garanties, comme un contrat prévoit la totalité des contingences capables d'advenir entre les contractants. Or il devinait que la femme le tînt pour insignifiant ou du moins d'importance seconde. Certes il avait depuis longtemps décidé qu'il ne toucherait pas à Lucienne, mais on compose avec ces décisions...

Lucienne aurait pardonné certaines maladresses, mais ne pardonnait pas le manque de courage qui ressemble si étroitement au manque de virilité. Or cette chose, plus que toutes, est méprisée des femmes. Ainsi divergeaient leurs sentiments dans un unique désir !

. . . .

— Jean, avez-vous décidé quelque chose pour moi ?

Lucienne parlait avec un sourire, mais sa froideur était patente.

Le jeune homme eut un sursaut à ce *vous* renaissant.

— Il faut se dire « tu », ma cousine.

— Quand on s'amuse, repartit-elle, mais parlons gravement. Voici l'heure pour moi de quitter votre maison.

Jean parla fièrement, satisfait de retrouver la maîtrise de l'entretien.

— Lucienne, j'ai décidé ceci : Angèle va venir pour le dîner. Vous irez attendre dans ma chambre. Ce sera court. Elle ressortira ensuite jusqu'à trois heures du matin. Nous dînerons donc, et à onze heures, nous sortirons ensemble. Vous connaissez notre petit jardin de Bel-Ebat ?

— Oui, je ne l'ai jamais vu, mais je sais qu'il existe.

— Mes parents n'y passent plus jamais. Angèle seule va cueillir les fruits à leur saison. Pas en ce moment d'ailleurs. La maisonnette est très habitable. Nous allons faire un paquet de victuailles et vous irez y vivre jusqu'à ce que j'aie pu vous procurer l'argent ou arranger quelque chose d'autre. Je tâcherai de faire au mieux. C'est une question de sept ou huit jours. Je viendrai vous voir la nuit. Cela vous plaît-il ?

— Oui, mon cousin !

Elle redevenait serve, devant les décisions nettes. Jean fut soulagé. Il regrettait certes certaines minutes dont il eût pu profiter tout à l'heure. Mais, homme pondéré et sage, il était en ce moment mieux qu'un amoureux : un guide, un soutien et le sauveur sans doute de cette pauvre enfant battue par les siens.

— Rangeons tout et montons dans ma chambre afin de n'être pas surpris par Angèle.

— Oui, mon cousin.

— Vous savez, il y a jusqu'à Bel-Ebat cinq kilomètres, par des chemins campagnards, des coins sans lumière et peu fréquentés.

— J'aime mieux ça, mon cousin. Mais vous allez être terriblement las de faire cela aller et retour cette nuit, et d'autres ?

Il la prit par les bras et la leva.

— Me prenez-vous pour un gamin sans muscles. Je suis un athlète.

Il ne sut pourquoi elle riait éperdument, et ironiquement...

CHAPITRE III

Acte clos

Que ne doit-on pas craindre de ses
vices, si les bonnes qualités sont si dan-
gereuses ?...

JACQUES-BENIGNE BOSSUET,
*Oraison funèbre d'Henriette-Anne
d'Angleterre, duchesse d'Orléans.*

— Il est onze heures dix, ma cousine !

Jean, debout, l'air grave, appelait Lucienne
roulée en boule sur un canapé. Elle semblait
ne pas entendre, reprise sans doute par quelque
intime et complexe désir, par le besoin d'agacer
son cousin, ou même par la contradiction secrète
des âmes féminines, chargées de résoudre des
problèmes moraux trop compliqués.

Elle eût sans doute voulu encore retarder
de quelques exquises minutes le moment de
quitter cette heureuse demeure, dont elle ne
repasserait peut-être jamais le seuil.

Jean admirait confusément la jeune fille.

La tête inclinée sur l'épaule gauche, faisait ressortir en elle la cambrure d'un torse flexible. Cette attitude disait la volupté, la faiblesse vaincue et acceptante.

Jean répéta.

— Lucienne, apprêtez-vous.

Elle le regarda de ses yeux mouillés et imploreurs. La bouche entr'ouverte montrait les muqueuses écarlates.

— Jean, je ne voudrais plus jamais vous quitter.

— Ne dites pas cela, Lucienne. La vie vous réserve de plus fines joies.

Elle rétorqua brutalement :

— Ce que je m'en fous!...

— Oh ! Lucienne, bien sûr, vous ne savez pas quand elles viendront ni ce qu'elles seront, mais, quand sonnera leur heure, vous serez plus satisfaite que je n'ai su vous rendre, durant ce jour unique où le plaisir de vous tenir compagnie me fut donné.

Elle le dévisagea longuement, avec une face muette et sombre.

Que pensait-elle ?

Il se demanda : « Comment agir sur cette âme sans la rudoyer ? Depuis hier je ne puis faire acte qui soit celui qu'il eût fallu. Maintenant, au moment de nous séparer, je voudrais lui laisser un doux souvenir. »

— Lucienne ?

— Oui ! Je sais, nous nous en allons. Ah zut ! Rien ne dure, que la peine.

Il s'assit, découragé.

Au même moment, comme si ce geste avait été un signal, elle se leva. Eberlué, il l'entendit dire doucement :

— Oui ! n'est-ce pas, pour vous asseoir, Jean, vous avez choisi la chaise la plus éloignée de l'endroit où je suis...

— Mais non, Lucienne, je...

— Taisez-vous donc. Je vous dégoûte, je crois. Au moment de nous quitter, c'est à six mètres que vous vous posez... ah !...

Il s'approcha vivement.

— Lucienne, je ne veux jamais, je n'ai pas voulu, et je ne voudrais pour rien au monde vous déplaire.

Elle recula d'un pas.

— Allons-nous en !...

Puis, d'un brusque mouvement, elle posa sa jambe sur le dossier du canapé.

— Attendez une minute. J'ai une jarretelle défaite.

Avec impudence et lenteur, elle se mit à rattacher quelque chose. On voyait dans sa posture l'étirement des cuisses jusqu'à leur réunion.

Jean eût voulu se retourner pour laisser à

sa cousine l'aisance donnée par l'absence de témoins dans un acte aussi familier. Mais il n'osa. Un sourd pressentiment le convainquait qu'il l'eût blessée. Lucienne faisait cela volontairement devant lui, avec le très vraisemblable désir qu'il la vît...

La vague intention de complaire à la jeune fille, lui fit dire toutefois, quoiqu'il lui en coûtât :

— Vous êtes bien faite ma cousine.

Elle se remit debout.

— Qu'en savez-vous ?

Il se découvrit prodigieusement ridicule et ne sut que répondre.

— Mais dites-moi donc ce que vous en savez ?

La question était coléreuse. Jean finit par faire un geste vague d'excuse, et articula :

— Je vous demande pardon, pendant que vous mettiez votre jarretelle, je vous voyais...

— Vous avez vu quoi ?

Un mot lui vint qu'il regretta de n'oser dire.

— J'ai vu que vous aviez un beau corps.

Elle ricana, et, avec la férocité injuste des femmes, affirma :

— Ah oui ! Jean, depuis hier soir je le vois bien, vous faites tout votre possible pour entrevoir mes dessous. Comme tous les lycéens, vous êtes ardent à renifler une femme. C'en est même lassant. Quand j'étais dans mon lit (elle disait

« mon »), vous êtes venu avec des airs séduc-
teurs, et ce matin, après déjeuner encore.

Il fit un geste de dénégation, mais elle
reprit :

— Ah, je l'ai bien vu. Vous n'avez pensé qu'à
ça depuis hier soir que je suis ici. Me voir lever
mes jupes. Bien sûr ! Vous un Dué de luxe,
un Dué riche, un Dué qui aura une voiture auto
en sortant du lycée et moi je suis une Dué
gueuse, qui n'a à elle que son corps. Alors
ç'aurait été un vrai succès pour le Dué riche
que de coucher avec la Dué pauvre. N'est-ce
pas, avouez-le donc ?

Il eut pitié de cette colère enfantine. Fallait-il
qu'on l'eût fait souffrir chez elle pour que cette
enfant pût exhaler une rage aussi mûrie.

— Lucienne, ne croyez pas cela...

— Mais je l'ai vu, mon cher !...

— Lucienne, vous êtes assez jolie pour
attirer les passions, même d'un cousin.

Il croyait la désarmer par ce compliment,
mais la jeune fille se relança :

— Ah, oui ! J'attire les passions. Vous
feriez mieux de dire que j'ai dix amants...

— Voyons, Lucienne !

— Je le sais. Depuis hier vous êtes à fureter
pour voir ma peau, vous êtes à me palper...

Il se souvint qu'elle lui reprochait aussi de
s'asseoir trop loin d'elle, et sourit.

— Ayez l'air de me mépriser, mon cousin. N'empêche que vous ne m'avez pas eue. Hein ! La Dué pauvre ne s'est pas laissé prendre par le Dué riche.

Il la regardait avec une tendresse involontaire et confuse. Elle reprit, toujours violente :

— Tenez, Jean, je vous ai vu toujours attentif à regarder ce qui se passe sous ma jupe. Vous en étiez vert de désir honteux. J'ai vu ! j'ai vu ! Quand je rattachais ma jarretelle, vous étiez là, prêt à me dire :

« — Lève plus haut...

« Hé bien, je ne veux pas que vous gardiez un souvenir mauvais de votre cousine. Je veux qu'elle vous paye vos aimables services. Je veux vous donner la satisfaction après laquelle vous courez depuis vingt-quatre heures. Vous l'avez bien méritée... »

Elle eut un rire méprisant.

— ... Une Dué pauvre doit comprendre qu'il n'y a pas de pudeur pour elle en présence d'un Dué riche. Je n'en aurai pas. Vous serez content...

D'un geste prompt elle releva sa jupe. Dessous elle était presque nue. Ses mains nerveuses haussaient l'étoffe jusqu'aux aisselles.

— Regardez, Jean, vous saurez comment...

Elle prit un temps et susurra méchamment :

— Comment c'est fait, une femme...

Il ne disait rien et elle ajouta :

— Dommage que nous soyons pressés — c'est vous qui l'avez dit — car j'aurais quitté tout pour vous permettre de mieux me connaître. Oui, ma chemise et ma ceinture gênent. Je vais les enlever si vous y tenez ?

— Lucienne, dit calmement Jean Dué, baissez votre jupe et munissez-vous du colis de victuailles. Je vous le reprendrai dehors. Tout y est-il ? Une fois sortis, ce ne sera pas le moment de s'apercevoir qu'on a oublié quelque chose. C'est bien vu ?

Elle avait laissé retomber sa jupe. Lui feignait de ne regarder que le lourd paquet d'aliments.

— Et boire ? dit-elle, très naturellement, comme si la conversation continuait.

— Il y a du vin et des liqueurs là-bas. Même des confitures et autres menues choses. Allons-nous-en enfin !

Comme ils se dirigeaient vers la porte, après avoir éteint, Jean alluma une petite lampe électrique. Il vit alors les yeux de Lucienne pleins de larmes. Un pli d'infinie tristesse détendait les commissures de la belle bouche dont il avait reçu un si doux contact.

Il se dit :

« Elle souffre. Je lui pardonne et je l'aime. »

— Lucienne, embrasse-moi.

Elle l'embrassa froidement, et il comprit que les êtres trop passionnés ne sauront jamais rendre la justice.

. . . .

La rue sombre les accueillit. C'était une venelle donnant au dos du vaste immeuble des Dué. Ils avaient évité la grande porte, près de laquelle on gardait toutes chances de trouver des gens jusqu'à minuit.

Jean ferma, reprit le fardeau et fit signe à sa cousine. L'un suivant l'autre ils se faufilèrent dans un passage, puis, de là, dans une autre ruelle, qui sentait puissamment l'écurie. La nuit était presque totale. Ils firent ainsi deux cents mètres. Alors ils s'arrêtèrent.

Jean chuchota :

— Maintenant nous sommes assez loin de chez moi pour ne plus être reconnus, sauf sous un bec de gaz, et nous allons les éviter. Prenons donc par ici. Dans un quart d'heure nous serons hors de la ville.

Lucienne le suivit sans dire un mot.

Ils passèrent dans un écheveau compliqué de voies tortes. De temps à autre une lumière luisait au loin, mais Jean, qui connaissait très bien les secrets de ce dédale, allait alors d'un pas prompt. Il expliqua, en passant au long d'une porte lourde et cintrée :

— Une porte secrète du lycée.

Ils avançaient, attentifs et tendus comme des conspirateurs poursuivis. Enfin, après avoir croisé deux personnages qui eurent l'air aussi désireux qu'eux-mêmes de ne point être reconnus, ils furent aux limites de la ville.

— Suivons ce chemin creux, dit Jean, nous ne serons pas vus par les gabelous de l'octroi.

Lucienne se mit à rire.

— Je sais, je sais...

Ils passèrent sous l'arche sinistre et obscure d'un pont de chemin de fer, puis cinq minutes plus tard, franchirent un passage à niveau.

— Maintenant nous pouvons parler à l'aise, nous sommes sur la route. Dans trois minutes nous allons prendre le petit chemin où pas un chat ne passe jamais, je crois, car il est absolument gazonné.

Lucienne était très heureuse cette fois. Le poids de la fortune des Dué ne pesait plus sur sa tête comme dans la maison de son cousin. Elle était au grand air et son sentiment se nuançait de mépris gouailleur, mais cordial envers ce Jean qui se conduisait comme une pimbêche dévote.

Mais elle déguisait sa pensée parce que redevenue calculatrice et maîtresse de soi...,

Jean lui dit :

— Approchez-vous, Lucienne, que nous marchions côte à côte.

Elle vint.

— Plus près.

Elle rit.

— Je ne veux pas vous donner de tentations.

— Et quand même ? dit galamment Jean.

— Oh moi, ça ne me fait rien, mais vous...

— Quoi, moi ?

— Comme vous êtes plutôt emprunté dans ces cas-là...

— Je suis donc si emprunté que ça, Lucienne ?

— Vous devez bien le savoir...

Chose curieuse, il se fût froissé, chez lui, de cette réflexion, mais ici, cela le faisait seulement rire.

— Hé bien, Lucienne, quand on se trouve avec quelqu'un d'embarrassé, savez-vous ce qu'on fait ?

Elle éclata de rire.

— On se moque de lui.

— Non, Lucienne, ce ne serait pas charitable ni aimable. Tout s'apprend...

— Alors, vous voudriez que je vous donne une leçon de...

— Puisque tu sais mieux que moi...

— Qui vous l'a dit ?

— Toi-même !

— Oh non ! Je n'ai pas dit cela. J'ai seulement pensé que les jeunes filles sont plus instruites sur l'art de séduire que les garçons de leur âge.

— Eh bien, séduire, c'est ça...

— Pas du tout, Jean, pas du tout. Séduire c'est une chose et le reste c'en est une autre.

— Le reste ?

— Vous savez bien ce que je veux dire...

— Alors, tu es aussi ignorante que moi ?

Elle ne répondit point mais pouffa doucement. Encouragé par cette bonne humeur, il reprit :

— Oui, tu aurais dû me donner une « répétition », comme on dit au lycée.

— Vous n'êtes pas assez grand, repartit-elle. Quand vous serez majeur.

Ce fut à son tour de rire.

— C'est égal, Lucienne, je t'aime bien.

— Moi aussi.

— Vrai ?

— Ah bien, si tu en doutes...

Ainsi s'en allaient-ils en devisant. La nuit s'était éclaircie d'une lune fraîchement levée, énorme et cotonneuse, au nord-est.

De temps à autre, des chiens aboyaient dans la campagne. On entrevoyait encore des lumières minuscules au lointain. En se retournant, tous deux pouvaient admirer le ciel un peu roux sur la ville et les lignées de réverbères.

— C'est loin encore, Jean ?

— Une bonne demi-heure de marche. On n'avance pas très vite sur ce sentier.

— Dis donc, il n'y a jamais de rôdeurs par ici.

— Qui pourraient-ils espérer surprendre ?

— Ils pourraient tout bonnement chercher à se reposer dans un lieu où nul ne viendra les déranger.

— La ville est féroce pour les mendiants, les romanichels et tous les crève-la-faim.

— Ce sont des malheureux. On devrait avoir pitié.

Il se tut. Là-dessus ses idées se trouvaient faites une fois pour toutes. L'homme n'a d'honneur qu'à proportion du travail qu'il fournit. Les errants étaient pour lui une engeance méprisable.

— Tout de même, si on venait me surprendre et m'assassiner, Jean, quand je serai dans ta bicoque ?

— La maison est solide. Les portes sont de chêne et tout a été fait comme pour soutenir un siège. Et puis il y a des armes. Sais-tu manier le browning ?

— Non, pas du tout !

— Je te montrerai. Tu pourras tuer les gens.

— Je vais avoir peur.

— Quand on dit « Je vais avoir peur » la peur est partie.

— Tant mieux.

— Ça se rapproche ?

— Patiente, Lucienne. Tu es lasse ?

— Oui, ça commence. C'est curieux, Jean, ce que j'éprouve. Chez toi je me sens supérieure à toi. Tu as tellement l'air d'un élève, tu es si hésitant. On pense que tu n'es pas un homme, que tu restes un enfant...

« Mais ici je me connais sous ta protection. Tu parais robuste, puissant et décidé. Avec personne je n'aurais cette sensation de sécurité. »

Rien ne pouvait mieux flatter Jean Dué que ces paroles. Il dit :

— Lucienne, l'existence d'étudiant comporte des sacrifices, tu dois le comprendre. Je ne connais pas la vie et presque pas les femmes !

— Mais tes joueuse de tennis, tes cousines Dué riches, tu leur parles bien, je pense ?

— Oui, Lucienne, mais je les traite comme mes camarades de classe. Je ne sais pas alors que ce sont des femmes. Je me suis baigné en mer avec elles sans penser à leur corps, nu, pour ainsi dire, lorsque le costume de bain était mouillé. J'ai vu des déshabillés, j'ai vu bien des intimités sans penser que ce fût féminin... mais toi...

— Eh bien ?...

— Voilà ta maison, Lucienne. Il a fallu que tu m'apparaisses pour que je sache être à côté d'une femme, et désire voir... jusqu'au centre de son corps.

Lucienne, comme ses propres paroles avaient ému Jean, fut saisie par ces phrases sincères.

CHAPITRE IV

Hantise

La corporation des maîtres d'école avait pour armoiries : d'azur à une main de carnation posée en fasce, tenant une plume d'argent, et accompagnée de trois billettes du même, deux en chef et une en pointe.

Armorial Général de 1696 (Bibl. Nat.).

Huit heures... Jean Dué franchit d'un pas rapide la porte du lycée. Il fut dans la cour carrée ombragée d'arbres puissants et tordus. Quatre massifs de fleurs y entouraient une statue de M. Athanase-Léopold Caméléon, bienfaiteur de l'établissement, qui, en 1843, avait légué à l'enseigment secondaire de sa cité natale, une imposante fortune gagnée dans le commerce des légumes secs pour l'armée.

En trois groupes, près du bronze immortel, messieurs les professeurs échangeaient cependant les dernier potins : la femme du censeur qui..., la maîtresse du substitut que... (car la Magistrature faisait vase communiquant avec l'Université), les dettes du professeur d'allemand, la thèse prochaine de Saumiasse, qui le ferait nommer dans une faculté, et, par la nomination de Babylou, devenant secrétaire du ministre de l'Instruction publique, entraînerait un mouvement dont Chose pourrait profiter et qui toucherait Machin...

Le proviseur sortit, important, de son bureau. Il poussait son ventre devant lui comme une brouette. Alors les professeurs se séparèrent. La Mathématique se dirigea vers son antre, ainsi que la Chimie et l'Histoire, représentée par un macrobite crasseux. Les puérilaires, l'allure un peu de parents pauvres, glissaient doucement sans se faire remarquer.

Jean traversa une voûte en plein cintre ornée de travaux d'art gravés dans la pierre par plusieurs générations d'élèves. Il avait fallu, pour venir là inciser son nom avec une devise congrue, beaucoup de courage en tout temps. Mais le courage ne manque point dans les lycées, et, d'un coup d'œil oblique, Jean Dué regarda en passant le joli rébus que lui-même avait sculpté un soir d'hiver, le lendemain même du jour où le proviseur décrétait l'expulsion de celui qu'on surprendrait à pratiquer cet exercice.

Il fut dans une seconde cour, carrée et laide. Des bâtiments démesurés la bordaient sur trois faces. La quatrième était constituée par une muraille de quinze mètres, merveilleux édifice digne des Romains. Jean vint à gauche, près d'une porte, et prit rang parmi ses camarades. Ils étaient seize, de toutes mines et de tous aspects, du jeune homme élégant et grave à l'enfant exhibant tardivement des mollets nus, du costaud aux yeux bovins au vicieux trop fluet.

— Toi, dit un adolescent blème et noir de poil, l'air d'un homme mûr qu'on aurait imparfaitement rajeuni, toi, Dué, tu pues la gonzesse.

Jean le regarda obliquement.

— Et ta sœur ?

— Elle va. Elle sera avocate avant toi, hé, Don Juan !

Le professeur apparut. Il venait avec douceur et indolence. C'était un petit homme frêle et charmant, qui publiait dans les journaux de Paris des articles de critiques féroces et sanguinaires.

— Regarde sa pomme. Hier soir il était encore à minuit au café des Patates. (Le café des Patates était normalement dit de l'« Agriculture ».). Si on avait la chance qu'il dorme un petit peu jusqu'à dix heures...

Tous levèrent leurs chapeaux.

Le professeur salua d'un geste long et lent sa cohorte d'élèves.

Un jeune homme blond et inquiet regarda vite sa montre, il chuchota à son voisin :

— Ça fait toujours quatre minutes de gagnées.

L'autre répondit à voix basse :

— J'ai dit à la fille du concierge d'avancer la pendule en passant dans l'escalier où on la commande. Si elle marche, ça sera chic. ...

Tout le monde se répandit dans la salle de classe. Il y eut un tourbillonnement confus. Chacun voulait faire durer autant que possible la recherche de sa place.

Le professeur regarda les jeunes gens prendre possession de leurs tables. Quand la classe fut assise, il se dirigea vers la fenêtre et regarda la cour où le soleil se répandait. Lui aussi semblait dire : « Vivement que mes deux heures passent ! »

Il traversa la pièce en large puis en long, examinant tout le monde avec perspicacité. Enfin il vint à Jean Dué.

— Vous avez votre Horace ?

— Oui, monsieur.

— Bon, ouvrez-le et traduisez à partir de l'épode cinq.

Jean lut et traduisit.

— Savez-vous qui était Canidie ?

— Une sorcière du temps, sans doute, qui négociait des poudres de succession.

— Oui, mais elle se nommait Gratidia, était Napolitaine et de son métier vendait des parfums. Elle habitait sur l'Esquilin, et, notez-le, sa demeure voisinait les fameux jardins du richissime Mécène. Evidemment c'est Mécène qui lança son poète à gages sur la malheureuse Canidie. Au fond, elle ne fut sans doute coupable que de gêner un grand personnage un peu crédule et qui aurait craint de se faire ensorceler en la chassant lui-même.

Brusquement il demanda à Jean :

— Croyez-vous aux sorciers ?

— Pas du tout, monsieur.

— Hé ! hé ! il faut croire !...

Maintenant traduisez-moi quelque chose dans les Odes. Tenez, dans le morceau que vous connaissez, à partir de

Valet ima summis
Mutare... etc....

Jean vit, à travers les beaux mots latins, paraître sa cousine Lucienne Dué. Il l'avait conduite la nuit dernière dans la petite propriété de Bel-Ebat... Il était rentré à deux heures et demie du matin et n'avait pu dormir ensuite. Toujours il voyait le corps fluet de la jeune fille. Et puis il évoquait presque toutes les minutes de leurs entretiens. Mais il chassait invinciblement, sans d'ailleurs vouloir en discuter la raison instinctive, le souvenir du moment où elle leva sa jupe en disant des choses malheureuses et qu'il n'avait pas comprises encore.

Il se demandait : « Qu'est-ce que l'amour ? Est-ce que je l'aime ? » I n'était pas très assuré de ses sentiments. Toutefois les vers d'Horace ramenèrent devant lui la silhouette charmante et il se mit à divaguer.

Le professeur l'interrompit.

— Qui pourrait croire, Dué, que cette vieille poésie possédât encore le pouvoir de troubler un lycéen ? Car vous dites des bêtises qui ne s'expliquent point par votre ignorance.

Et il se mit à rire, jetant sur le jeune homme écarlate un regard amusé.

Jean devina que sa face portait quelque trace des émotions de la veille et même que ces traces ne pouvaient s'interpréter qu'assez défavorablement. Il baissa la tête sur son Horace.

Tous les yeux s'étaient attachés sur Jean. Personne ne pensa, bien entendu, qu'il y eût dans la réflexion faite autre chose qu'une méchanceté, car les jeunes gens sont incapables de comprendre l'esprit qui ne blesse point.

Toutefois la discipline de la classe était bonne et bientôt tout fut oublié.

Ce professeur pratiquait l'instruction à sa façon qui était curieuse. D'abord il n'aimait faire ânonner aucune leçon. Aussi, au hasard, choisissait-il seulement un des rhétoriciens pour réciter ce qu'il avait ordonné d'apprendre. Chose assez neuve, les leçons non contrôlées étaient sues, sauf par les cancres qu'on n'interrogeait jamais, pour éviter précisément de les rendre ridicules et de les décourager. Il aimait aussi à questionner sans ordre et sans méthode apparents afin de faire profiter de la surprise l'élève comme ses camarades. Cela entretenait une certaine tension intellectuelle dans ce milieu difficile à mener et à intéresser.

Enfin, avec un art subtil, il cherchait à faire comprendre les textes latins et grecs à travers la vie même. La chose est ingrate et semée d'écueils. Il y parvenait en s'efforçant de bien connaître les âmes adolescentes et en donnant, autant que faire se pouvait, à traduire ou commenter ce qui devait être familier ou immédiatement compréhensible à chacun. De ce chef, il faisait vivre ces vieux auteurs encrassés de pédantisme et qui semblent pour cela si loin de nous.

Cependant, rendu à lui-même, Jean Dué cessait de participer à la classe pour suivre la pente de ses rêveries. Où en était-il ? Il ne savait comment juger sa situation morale. Ici, au lycée, il ne se sentait plus le même que durant cette nuit de la veille où il menait si audacieusement Lucienne par la campagne muette. Hier, il était un homme, non pas un gamin. Il prenait un parti après avoir médité le pour et le contre, il agissait selon ses responsabilités et cela rehaussait en lui sa qualité virile. Dans sa classe ce n'était plus maintenant qu'un enfant auquel un maître fait épeler de l'Horace ou de l'Homère. Un « maître »... Il était sous la férule d'un maître. Jadis, au temps de punitions violentes, on lui eût facilement, pour un mot mal traduit, cassé une règle sur les doigts.

Jean se trouvait humilié et il en souffrait. Il craignait alors que le parti, pris pour guider et sauver Lucienne, s'avérât à l'expérience mauvais et enfantin. Puisqu'il était un simple garçonnet qui étudie et ignore l'essentiel de la vie des humains, il ne pouvait peut-être prendre que des décisions médiocres et faibles. Sans doute, le fait d'emmener Lucienne Dué dans la petite maison de Bel-Ebat était-il au fond, destiné à rendre plus catastrophique l'avenir de cette malheureuse jeune fille. On la découvrirait et par-dessus le marché on ne croirait jamais que Jean se fut conduit avec correction devers elle.

C'était une chose que Jean supportait mal : le doute quand il avait parlé. Il eût beaucoup mieux aimé avoir un reproche à se faire, si l'on devait croire ce reproche établi, que d'en être indemne puisqu'on ne le croyait pas innocent. Et tandis qu'il donnait les apparences d'une grande attention à son Horace, il sentait ses pensées flotter et se confondre de la plus fâcheuse façon du monde.

Que faisait Lucienne ? Pourrait-elle rester, sans sortir, dans la petite maison ? Il lui était permis au besoin d'aller dans le jardin, sauf sur le midi, où le mur en surplomb est bas. Alors on est vu de la propriété voisine. Respecterait-elle tous les conseils qu'il avait prodigués ? Il la sentait très différente de lui-même. Il aimait à se discipliner, par goût et par orgueil, pour pouvoir se dire : « Je pouvais faire cela et je ne l'ai pas fait. » Mais il se rendait compte depuis la veille que l'on peut être éduqué dans un principe exactement contraire, et même trouver du plaisir à suivre aveuglément ses impulsions. Lucienne était ainsi faite.

Il cherchait à deviner l'avenir et, méthodiquement, en classait les données.

Si on découvrait Lucienne, que lui diraient ses parents ?

Cela importait assez peu. Dans le fond, Jean se savait incapable d'être privé de rien, puisqu'il ne désirait rien. Au demeurant, il jugeait que l'habitude de dire toujours la vérité garde sa puissante vertu : elle aide à faire admettre par autrui ce vrai invraisemblable qui advient si souvent ici-bas. Il se flattait donc que ses parents le crussent. Aucun souci pour lui de ce côté-là n'était à prévoir. Mais pour Lucienne ?

La rendrait-on à son père ivrogne et à son forgeron ? Jean sentait une profonde indignation le posséder à cette seule idée. Mais comme il était logique et ne pensait point à coups de chimères, la vraisemblance de cette conclusion le frappait. Que pourrait-on faire d'autre ? Les parents ont droit sur leurs enfants mineurs. Quant à faire déclarer les parents indignes, c'était une chose peu supposable et semée de difficultés.

Et pourtant, à y réfléchir. Jean se disait que vraiment il aimait sa cousine. Or l'amour a des droits. Quels droits ?

Un rire emplit soudain la classe, auquel il se mêla sans avoir entendu ce qui le justifiait. Le professeur s'amusait follement. Il avait avec finesse provoqué un cancre qui parlait obstinément à ses voisins. Il fallait lui enlever cette habitude en évitant de lui faire des reproches. L'art du pédagogue consistait ici à donner la leçon sans faire intervenir les entités morales peu opérantes sur de jeunes esprits.

Il avait dit :

— Tiens, un Tel, je ne pensais pas à vous, mais vraiment il me faut y venir. Puisque vous êtes si éloquent avec vos camarades, dérivez donc un peu de cette loquèle au bénéfice des études.

Il donnait alors du Virgile à traduire et amenait doucement le bavard à ce vers présageant les longues histoires épiques du brave Enée :

Inde toro pater Aeneas sic orsus ab alto

S'y reprenant avec peine, et se laissant guider fallacieusement, l'élève arriva à cette magnifique traduction :

Le père Enée monté sur un taureau jouait de l'alto comme un ours.

La classe parut un café-concert après ce passage d'un traditionnel sujet de calembours. Jean se mit à rire aussi, mais tardivement. Le professeur, devinant qu'il n'avait pas entendu, lui donna à reprendre le texte virgilien. Et le jeune homme dut laisser ses soucis pour interpréter le Mantouan.

La première heure close, on vint au travail des traductions écrites de textes dictés. Ce fut une longue exégèse, détaillée et nécessitant l'attention. Le morceau commenté avait été pris dans César, et un piège subtil y apparaissait. En effet, César parle d'une ville nommée Lemovicum, qui ne saurait être que Limoges, comme chacun sait. Mais il place Lemovicum *in Pictonibus*, c'est-à-dire en Poitou.

En fait il s'agit sans doute de Poitiers, mais on ne peut le juger ainsi qu'avec le contexte, puisque celui qui attaque Lemovicum, soit Dumnacus, bat en retraite vers la Loire après avoir été vaincu aux Ponts-de-Cé.

Des élèves qui se sentaient peu de dispositions profondes pour la traduction du morceau qu'on révélait ainsi appartenir au *de Bello Gallico*, se découvrirent subitement géographes experts. C'est que, du Berry, ils avaient visité en auto les provinces voisines et n'ignoraient rien des routes par lesquelles César et ses légions parcoururent voici dix-neuf siècles leur pays en révolte.

Le professeur avait d'ailleurs calculé cette répercussion de la version latine et Jean, tandis qu'on cherchait si un village poitevin ignoré pouvait s'attribuer le mot Lemovicum, retomba dans sa rêverie incertaine où Lucienne Dué tenait une place si vaste et si prohibitive.

Cependant la classe finissait. En gestes fébriles et furtifs les jeunes gens tiraient des montres dont les aiguilles étaient bien lentes. Le soleil avait déjà tourné appréciablement et chacun savait le déplacement horaire des ombres. Lorsque passait quelqu'un dans la cour, les visages se tournaient avec concupiscence vers ce mortel heureux qui pouvait circuler au grand air.

Sentant les attentions fléchissantes, le professeur s'adonnait à l'éducation latine de deux malheureux fils de notables, que les langues mortes laissaient vraiment trop indifférents.

Un camarade de Jean lui fit signe :

— Attends-moi à la sortie. J'ai quelque chose à te dire.

Jean fit oui de la tête.

Un autre le questionna :

— La version qu'il nous a dictée, que crois-tu que c'est ?

— Du César encore.

La cloche sonna...

Après le sursaut brutal et instinctif des jeunes gens que le dehors attirait violemment, il y eut une discipline nerveuse et faussement ralentie. Chacun avait hâtivement placé ses livres et cahiers dans sa serviette, mais les « amateurs », que leur qualité de forts en thème portait aux audaces, apportaient des livres minces et des feuillets plaçables dans la poche, de sorte qu'ils sortaient du lycée les mains libres.

. . . .

— Dis donc, Dué, connais-tu une jolie fille qui se nomme comme toi ?

Jean regarda l'autre qui continua avec curiosité :

— Oui ! je lui ai parlé il y a trois jours dans l'allée des Apelins.

« Elle est bigrement aguichante. Est-elle de ta famille ? »

— Qu'est-ce que ça peut te foutre ?

— Ben ! si on t'entendait, chez toi, le père Dué te casserait quelque chose.

— Va donc. Ne t'occupe pas. La... personne dont tu parles...

— Oui ! une belle blonde bien faite. Elle a des yeux grands comme ça...

— Une... Non, mon vieux, je ne connais pas ça.

— Vrai ?

— Si tu insistes, je te fiche un pain sur la gueule.

— Oh ! oh !... tu ne la connais pas, mais... elle doit te connaître

CHAPITRE V

Traverses

> J'appris singulièrement la chasse et
> l'économie : mon père me faisait payer
> quatre sous chaque pièce de petit gibier
> que je rapportais à la maison, un petit
> écu pour un renard ou un chevreuil, un
> gros écu pour un sanglier ou un loup.
> Je n'ai pas eu d'autre argent que celui
> que je gagnais ainsi jusqu'au jour de mon
> mariage.
>
> PRINCE DE LIGNE, *Mémoires* (I).

Le dîner s'achevait.

M. Paul Dué, père de Jean Dué, et Mme Paul
Dué regardaient en silence la servante Angèle
desservir. Preste et souple, elle plaçait devant
chacun les tasses à thé pour l'infusion de ver-
veine qui terminait tous les dîners.

Lorsqu'Angèle se fut retirée, M. Paul Dué
interrogea son fils :

— Qu'y a-t-il de nouveau au lycée ?

— Rien d'important, papa. On parle d'un

changement. Turlup s'en irait à Bourges, retrouver sa femme qui professe au lycée de jeunes filles. Alors, on enverrait un nouvel agrégé pour les langues vivantes.

Jamais M. Dué ne questionnait son fils sur ses succès ou insuccès scolaires. Il voulait ainsi prouver son entière confiance dans l'activité de Jean. En fait, il était strictement informé, par voie indirecte, de tous les comportements de son héritier.

Il demanda encore :

— Turlup, c'est un catholique, je crois ?

— Oh ! répondit Jean, avec des nuances personnelles dans ses conceptions religieuses.

— Comme il convient, conclut M. Dué. Une religion doit toujours s'individualiser.

Mme Dué ajouta d'une petite voix fluette :

— Une religion n'est pas une caserne.

Un silence naquit et se prolongea.

— Je te ferai lire ces jours le dossier de l'affaire Chouzuc, reprit le père. Tu étudieras cette cause. Je ne pense pas qu'il puisse en exister une plus belle pour un avocat. Lorsque tu seras inscrit au barreau, je souhaite qu'il t'en vienne une semblable.

— Dites-moi succintement ce dont il s'agit ? demanda poliment Jean.

— Un crime abominable, dont nous n'avons pas le coupable. (M. Dué disait « nous » pour tout ce qui concernait la Justice.) Mais le Gouvernement, qui aime à voir son peuple adonné à la solution des problèmes criminels, plutôt qu'à l'étude des événements politiques, a vu là un dérivatif merveilleux des soucis d'opinion publique. Il a donc donné des instructions — secrètes — à sa presse, pour affoler ses lecteurs, et au procureur pour faire durer l'instruction et mener un coupable vraisemblable aux Assises. Mais il fut impossible de saisir non seulement le vrai coupable, mais même deux complices avérés, qui se sont enfuis on ne sait où. Il fallut donc se rabattre sur un malheureux incontestablement innocent. On peut toujours, avec un peu de casuistique judiciaire, et une argumentation convenable, mener devant des juges l'homme le plus pur. D'ailleurs, en principe, on ne condamne pas les innocents, ou alors à la peine même qu'ils ont accomplie en prévention, ce qui n'est rien, car dans nos sociétés modernes il n'y a plus de déshonneur comme jadis à avoir connu la prison. Des condamnés sont devenus ministres, grands banquiers et présidents de chambres de commerce, sans aucune difficulté. Mais, dans notre affaire, un problème s'est posé au dernier moment : celui de la condamnation possible de l'innocent par un jury stylé et intoxiqué de mensonges journalistiques. Tout le monde est contre ce malheureux, et, s'il se trouve condamné à mort, le président n'osera pas le gracier. Il craindra cette burlesque et dangereuse association, créée par un député désireux d'entendre parler de lui, et qui se nomme : « *Pour la stricte loi.* » Tu vois la situation : L'avocat aura à plaider une cause presque désespérée, mais par contre il dispose de la preuve que son client est innocent... Belle partie, ma foi !...

Jean, ahuri, se tut. Son sentiment de la justice et de la vérité recevait en ce moment un terrible coup de hache. Alors, c'était cela l'ordre des sociétés ?

Mme Dué dit en regardant son fils inquiètement :

— Il y a de terribles devoirs dans le monde.

— Lesquels, maman ? demanda le jeune homme.

— Celui du procureur qui va requérir la peine de mort.

— J'avoue, dit franchement le jeune homme, que je préférerais à sa place démissionner que violer ma conscience et la vérité.

Le silence revint. M. Dué était un homme de haute loyauté, mais, comme tous les spécialistes des problèmes judiciaires, il ne considérait plus cela qu'à la façon d'un jeu, une sorte de délicate situation dont il fallait se sortir élégamment, ou un problème curieux, sans importance morale, et qu'il s'agissait de juger seulement sous l'angle, en quelque sorte, diplomatique.

Il ne désapprouvait pas son fils parlant de démissionner plutôt que de requérir. Mais nulle éthique ne le guidait ici. Pour lui, une démission ne ferait que rehausser la dignité de celui qui en prendrait la responsabilité. Donc il en tirerait un jour le bénéfice. En somme, la victime importait peu à ses yeux. Seuls avaient un intérêt finesse et savoir-faire dans la solution choisie par les acteurs du drame.

Jean sentit avec brutalité que la Justice étiquetait faussement une série d'actes dépendant, en fait, des divertissements humains, de l'arrivisme et du goût qu'ont les civilisés pour les jeux de hasard. Il comprit la profondeur effrayante de ce génial Rabelais faisant jouer le sort des causes aux dés...

Mais M. Dué changea de conversation :

— J'ai vu le « ferrouillard » ce matin.

Ledit ferrouillard n'était autre que le Dué mécanicien, serrurier, forgeron et franc-maçon. On le nommait ainsi, d'un vieux mot méprisant qui, au moyen âge, désignait les petits maréchaux ferrants de village, parce qu'il fallait respecter les hiérarchies familiales.

Aux yeux de M. et Mme Dué, il y avait quatre

sortes de Dué : Ceux *du bord de l'eau*, parents de Lucienne, ceux *du coteau*, auxquels on réservait une certaine estime, parce que très anciens et ayant été riches avant la Révolution ; ceux *du chemin de fer*, qui vivaient de leurs rentes depuis la construction, vers 1874, d'une voie ferrée les ayant expropriés. Ceux-là avaient su en effet, par les Dué magistrats, toucher une grosse indemnité. Enfin il y avait les *Dué bouchon*, déshonorés parce que tenant une auberge. Le reste, qui comptait une douzaine de familles encore, ne méritait même pas l'honneur d'être nommé...

Mme Dué demanda avec un sourire :

— Est-ce vrai qu'il va épouser la petite du bord de l'eau ?

M. Dué sourit à son tour :

— Il l'espère, mais Sournoy, l'agent de la sûreté, a fait un rapport disant que la petite s'était sauvée dimanche soir. Et on ne sait où elle a pu partir.

— Elle tournera mal, dit Mme Dué.

Jean écoutait de toutes ses forces, attentif de ne point dénoncer l'intérêt qu'il prenait à cette conversation.

Son père reprit :

— C'est une jolie fille. Beaucoup de garçons la suivent depuis longtemps. Mais je la plains si elle tombe entre les mains du ferrouillard.

— Il est brutal ?

— Et sans pitié.

Mme Dué dit pompeusement :

— Si tu crois qu'il doive la rendre malheureuse, il faudra voir cela. Nous ne pouvons pas laisser sciemment notre nom courir risque d'être éclaboussé dans un scandale.

M. Dué fit un signe dubitatif. Jean l'interpréta.

— Ce doit être délicat d'entrer dans un débat de ce genre et sans y être sollicité.

— Je crois bien ! affirma M. Dué.

— Et puis, les mariages mal assortis sont de tout temps et de tout pays. L'Etat ne saurait intervenir là-dedans ?...

M. Dué dit doctoralement :

— L'Etat a le droit d'intervenir partout ; et moi aussi lorsque mon nom court un risque. Mais il faut tenir compte des circonstances, de la classe sociale des acteurs, et de l'opinion publique. En France, nous avons trois sortes de lois pour régler les problèmes du mariage : celles qui concernent le monde, c'est-à-dire notre milieu et l'aristocratie politique ou commerciale. Là, les rapports d'époux ont un caractère spécial parce que des intérêts financiers considérables y sont régulièrement mêlés et que les contrats sont toujours dotaux. Une femme qui apporte des sommes de six chiffres en mariage a plus de droits qu'une ouvrière, et que le texte légal ne lui en donne. Notre interprétation des lois est ici subordonnée aux données financiers de la question. Il y a ensuite le monde des artistes, gens de lettres, gens de théâtre, de presse et de politique. Ici il n'y a censément plus de lois du tout. Chacun organise un système marital à son gré et nous savons donner au Code les souplesses nécessaires pour aider cet individualisme. On trouve couramment des personnes de ce milieu qui ont divorcé cinq ou six fois et qui se transmettent une femme ou un mari comme ils se vendraient un tableau.

— Triste exemple ! dit mélancoliquement Mme Dué, car cette organisation du concubinage tend à passer dans le reste de la masse.

M. Dué fit un signe d'impuissance, puis termina :

— Il y a enfin des règles à l'usage du commun. Là c'est le rude droit romain qui règne, et il place la femme en qualité de servante et de maîtresse reconnue auprès de l'homme. Je n'ose certifier que ce soit beaucoup plus moral que le mariage entre égaux des gens de plume, de pinceau ou de grimes...

Jean se crut autorisé à commenter les explications de son père.

— Je suis vraiment étonné que le mariage, dont, depuis des siècles, on modifie sans cesse les modalités et les détails contractuels, n'ait pas encore trouvé sa formule définitive.

M. Dué leva un doigt en l'air, pour signifier qu'il allait prononcer des paroles graves.

— Dans un milieu social déterminé et en fonction des lois qui le régissent, deux forces s'exercent toujours : celle qui veut soumettre le réel à un principe et celle qui prétend extraire son principe — variable — des contingences du réel.

« Quand un Etat est stable, prospère et libéral, chose que chaque pays fut au moins une fois dans son histoire, on individualise les lois et on les assouplit. Mais ceci correspond à la pensée jeune et active des élites intellectuelles, qui n'ont pas encore atteint l'âge des misan- thropies et des orgueils séniles. Nécessairement toute liberté engendre les abus. On doit compter sur eux comme sur toutes les malencontres sociales. Mais les hommes vieux, dont il advient, surtout dans les pays pauvres, instables et rigides, qu'ils se fassent écouter, font toujours campagne contre la norme des abus. Et leur triomphe, surtout après les guerres et les révolutions qui suppriment les meilleures têtes de la jeunesse, est presque une institution comme le retour des comètes. Alors on rend les lois inflexibles et strictes. Le fait engendre de nouveaux abus contre lesquels une élite se lève et lutte. Elle finit par abattre la tyrannie et le libéralisme renaît.

« Ce mouvement de bascule rend impossible la stabilité des institutions. Il faut ajouter que tout système de codifications sociales possède, avec ses inconvénients, de réels avantages. Lorsqu'on le détruit, on abolit tout, pêle-mêle, et voilà pourquoi, moralement, l'humanité ne progresse d'aucune façon !

— Mais Lucienne, pensait Jean... Lucienne...

Ce fut Mme Dué qui ramena sur le tapis le cher souci de son fils.

— Tout cela est bel et bon, mais il ne faut pas que nous puissions être atteints par un scandale, s'il naissait, venant des Dué les moins estimables. Au demeurant, les parentés sont nulles. Chez ceux du coteau par exemple, il n'y a pas eu un mariage depuis cinquante ans. Et les femmes ont tout de même des enfants... Peut-on considérer ceux-là comme des nôtres ?

M. Dué trancha :

— L'opinion publique les tient toujours pour nos parents. Elle répartit seule la considération sur les familles. Mais la petite fille dont nous parlions tout à l'heure, je m'empresse de le dire, m'est très sympathique. Elle est fine et mériterait d'épouser autre chose que l'homme au tablier de cuir. Je la connais bien. Elle me salue toujours.

— Moi aussi ! dit Mme Dué.

Jean retint une forte envie de rire, en même temps que ces dernières paroles de ses parents le frappaient curieusement. Ainsi, dans la vie, il peut suffire de jeter un salut dans la rue pour se créer des amitiés et des protections puissantes... Mais dans ce jeu de relations, de lois interprétées et mises à la porte des plus forts, de richesses transmises et gardées par finesse, que deviennent donc la sincérité, la franchise, l'honnêteté et le talent ?...

Il demanda, pour que le sujet ne fût point abandonné :

— Quelle est notre parenté exacte, du moins théorique, avec les Dué du bord de l'eau ?

M. Dué répondit paisiblement :

— Qui peut le définir ? Ton bisaïeul, Tancrède-Antoine Dué, notaire royal, eut en 1768 un fils, Marcellin, qui lui vola de l'argent pour une fille. Le vol de fils à père est véniel selon la loi, mais moralement il est inexcusable. Le notaire fit arrêter son fils et la fille. Elle fut mise dans un couvent à cinquante lieues. Après six mois de détention, Marcellin se trouva libéré. On le croyait amendé, mais il courut enlever du couvent sa bien-aimée et revint vivre ici dans la petite maison du bord de l'eau, que tu sais, et qui n'a pas changé.

« Il avait un frère cadet, Irénée-Hugues Dué,

qui prit la charge de son père à la Révolution. À ce moment les deux frères devinrent férocement ennemis. Marcellin était royaliste et Irénée jacobin. C'est en Prairial an II qu'un commissaire envoyé de la Convention passa dans la ville et fit guillotiner Marcellin Dué.

« La petite dont nous parlons, qui se nomme, je crois, Lucienne, descend de Marcellin et de la fille mise au couvent, mais évadée, qui ne fut d'ailleurs jamais la femme légitime de Marcellin. »

Jean sentit une sourde émotion naître et croître en lui. Il le devinait à travers les détails historiques donnés par son père : Lucienne était la petite-fille de celui que son propre frère avait poussé sous le couteau. Et ce frère assassin c'était son ancêtre à lui, Jean Dué...

Ainsi leur affection devenait peut-être la réparation d'un passé sanglant. Et entre cet aïeul voleur et cet autre fratricide, qui donc pouvait cultiver l'orgueil des temps disparus ?

Il murmura, la voix blanche :

— Quels drames recèle le passé des familles !

— Pas une n'y échappe, dit froidement son père. Cette enfant dont nous parlons est fille d'un menuisier ivrogne, d'ailleurs inoffensif, et d'une femme redoutable qui se nomme aussi Dué. Son père était garde chez les la Nottière.

Or le garde, nul ne l'a ignoré en son temps, ne pouvait avoir d'enfants. On ne sait donc qui est le père. Le certain aussi c'est qu'il y a dix-huit ans, serrée de près par un amoureux, la mère le tua à coups de couteau.

« Il y a d'ailleurs d'autres histoires de sang dans son passé. La fillette porte une lourde hérédité.

— C'est bien malheureux pour elle, dit Mme Dué.

M. Dué se leva.

— Ce n'est rien puisque personne n'y pense. Mais l'avenir nous intéresse. Je voudrais, Jean, après ton doctorat en droit, que tu puisses te présenter à la députation dans sept ou huit ans. Pour cela il est indispensable que le nom des Dué soit hors de tous les mauvais renoms. Ceux-ci seraient, je le sais, injustifiés, mais opérants tout de même. Or je juge pratiquément. Voilà pourquoi je ne suis pas hostile à l'idée de quelque habile intervention qui éloigne le forgeron de la fillette dont nous avons parlé.

Jean s'était levé à son tour. Il dit :

— Je vais prendre un peu l'air.

— Bon ! dit son père N'omets pas, en rentrant, de fermer le nouveau verrou de sûreté. Tu ne vas pas rentrer tard ?

— Dans une demi-heure. Je veux réfléchir

en marchant à certaines choses que m'a dites mon professeur de lettres.

— Bonsoir !

— Bonsoir !

CHAPITRE VI

Révélations

> Loin d'être infamante, la vocation des
> prostituées de Paphos était sans doute
> considérée comme résultant d'une vertu
> extraordinaire. Leur dévouement fut
> récompensé par le même tribut d'admi-
> ration, d'estime et de piété, que nous
> arrache de nos jours le sacrifice des
> vierges consacrées au Créateur.
>
> JAMES GEORGE FRAZER, *Adonis* (chap. 28).

Jean Dué se trouva dehors. La nuit sombre
et sinistre l'accueillit. Il tourna vers le côté
le plus obscur de la rue, et, la canne sous le
bras, s'éloigna.

Les réflexions de son père passaient dans son
cerveau comme des articles de Code. Mais cela
se brouillait aussi, et vraiment il n'y comprenait plus rien. Il se contentait de répéter à
voix très basse le nom chéri et doux dont les
syllabes sonnaient comme un baiser.

Pendant une heure et demie, il avait tendu

sa volonté sous le désir de diriger la conversation familiale dans le sens qui l'intéressait. Mais en même temps il voulait dissimuler son secret tourment.

Maintenant il connaissait la défaillance des esprits sortis d'une attention excessive... Toutefois le visage de sa cousine restait présent au seuil de sa sensibilité.

Il ne pouvait ce soir songer lui rendre visite. Il faudrait préparer la sortie ou plutôt ne sortir, et en cachette, qu'après la rentrée de ses parents dans leurs chambres à coucher. Ce serait pour le lendemain.

Il imagina longtemps l'entrée qu'il ferait dans vingt-quatre heures à Bel-Ébat. Cela faisait couler un sang chaud dans ses carotides et son front s'enflammait. Il la verrait là-bas. Que lui dirait-elle ? Que lui dirait-il ? Et cette pensée amenait à sa conscience une étrange et énervante image : Celle de Lucienne sautant du lit, nue, et si terrifiée qu'elle en oubliait la pudeur.

Ah ! revivre cette minute-là et la faire durer...

Il passa dans une rue vaste et fort éclairée. Une demi-douzaine de cafés, aux terrasses ombrées d'arbres en pots, y répandaient mille appâts lumineux. Une pâtisserie encore ouverte offrait le vain attrait de petits fours défraîchis.

Il gagna une rue transverse, très muette. Les réverbères trop éloignés y créaient une série de trous d'ombres où passaient des silhouettes furtives.

Il avança. Bientôt, au milieu de ces gîtes hermétiquement clos et mal alignés, il se sentit aussi éloigné de tout que dans un îlot perdu du Pacifique. Le ciel était noir et le vent rapide. A certain moment les sons d'un piano lui vinrent comme des bruits interplanétaires... Il s'enfonça dans une rue encore plus muette. On devinait partout les portes fermées par des verrous innombrables, les volets tirés et les tentures rabattues sur les fenêtres scellées. Cela disait la pudeur vétilleuse et maladive d'une province encore attardée à des errements moraux datant de dix siècles. De temps à autre, une petite venelle se manifestait comme un noir abîme. Nul réverbère n'y avait été placé. Les gueux n'ont vraiment pas besoin d'y voir clair pour rentrer dans leurs tristes tanières lorsque le soleil est couché... Jean connaissait de nom ces voies où rien n'est changé depuis les Croisades : Il y avait la rue Agnès-Beausire, la rue du Fief, la rue Bordelle, la rue Pavée-d'Andouilles, unique en France, la rue Barre-au-Bec, la rue Trouvelu, la rue Malepute. Un brusque désir de suivre une de ces ruelles tortes le prit soudain. Il s'enfonça dans la première, tranquillement, en suivant du pied la dépression centrale traditionnelle.

Il n'avait pas gagné la partie la plus obscure que devant lui une ombre sortit de quelque coin caché.

Jean n'était pas peureux, il marqua pourtant une hésitation, puis il reconnut une femme.

L'inconnue s'approcha, une main prit contact avec le bras du jeune homme qui restait immobile dans son étonnement.

Il ouït alors une parole fine et tendre.

— Mon mignon, je t'attendais...

Eberlué, il ne répondit point. Souvent il était venu, le soir, errer par la ville. Mais jamais — sans doute parce qu'il suivait généralement les grandes artères — une femme ne l'avait ainsi interpellé.

La voix reprit.

— Tu as perdu la langue, mon chéri.

La mystérieuse femme était ironique, mais cordiale. Elle sut avoir affaire à un adolescent.

— Je parie que je te connais, dit-elle enfin.

— Certainement non ! repartit Jean plein de gravité.

— Ah, tu te décides à parler, rit-elle. Eh bien viens dans l'angle, là je vérifierai, et on se connaîtra.

D'une main décidée elle l'entraîna. Il obéit machinalement.

Soudain elle le lâcha.

— C'est peut-être une autre femme que tu cherches. Tu sais, on ne se fait pas de tort entre nous. Dis qui c'est ?

Il affirma avec énergie :

— Mais je ne cherche pas de femme du tout.

Elle s'esclaffa :

— Eh bien, tu en as trouvé une. Quoi, tu gagnes le gros lot sans le vouloir !

Comme il se taisait, elle prit un ton inquiet.

— Tu n'es peut-être pas d'ici. Tu voyages et tu te trompais de chemin ?

Il dit, orgueilleux :

... Ah si, je suis d'ici. Personne ne l'est plus que moi.

Elle releva cette affirmation.

— Tu crânes, mon petit, mais pour ce qui est d'être du pays, tu passes sûrement après moi. Je suis de la plus vieille famille.

Jean haussa les épaules.

— Moi, je suis mieux que ça.

Elle eut un ricanement.

— Petite bête ! Si tu es de la ville, tu sauras ce que mon nom signifie :

« Je suis Alphonsine Dué. »

Jean reçut son propre nom comme un coup de merlin. Sa bouche lui fit mal quand il voulut parler.

— Hein, ça t'en bouche un coin ! triomphat-elle. Allons, viens, je suis une Dué, mais accueillante pour les beaux gosses comme toi.

Il dit caverneusement :

— Je suis Jean Dué, le fils du bâtonnier.

Elle se tut à son tour, ahurie.

— Vrai de vrai ?

— Parfaitement.

— De quelle rue ?

— Mon père est le Dué de la rue Royale.

La femme reprenait sa gaîté.

— Eh ben... Il vous en arrive de drôles en ce métier ! Alors nous sommes parents.

Mais un doute lui vint.

— Je le connais, le fils Dué, il va en classe encore. Attends que j'allume un tison, je verrai bien si tu me le bourres.

Elle le mena dans une sorte de minuscule cul-de-sac.

Il suivit encore. Une fois au fond elle fit flamber une allumette et tous deux se regardèrent avec une cuisante curiosité.

Jean n'avait aucune idée des nécessités qui peuvent mener une femme à se prostituer. Il croyait, comme tant de gens, que c'est seulement le résultat du vice, et d'une sorte de passion maladive. Naturellement il cultivait un mépris hautain de ce qui touche aux infamies sexuelles. Au début il imaginait donc celle qui l'accostait comme une abjecte maritorne. Mais sachant qu'elle portait son nom, il la voulait maintenant fine et gracieuse. La voix d'ailleurs était délicate et bien timbrée.

Jean ne vit ce qu'il croyait un début, ni ce qu'il attendait ensuite. Le petit morceau de bois flambant jetait une lueur bleue et rose, dansante et capricieuse, qui détaillait brutalement les choses autour d'elle. Il montra au jeune homme un visage blême et las, mais dont l'ovale avait un charme certain. Il reconnut un peu du masque de Lucienne dans ce nez étroit et bien placé, dans le regard bleuâtre aux iris tachés d'orange, et dans le pli de la bouche un peu douloureuse. Elle était bien « de la famille », cette rôdeuse. Mais ce qu'elle portait de plus féminin que sa cousine écœura Jean, en même temps, et fit lever en lui des instincts violents où le désir régnait. C'est que, sous le cou long et blanc, on voyait une poitrine forte et lourde. Ce n'était pas là les courbes charmantes et atténuées de Lucienne, mais de puissantes formes sphériques, tendant l'étoffe pauvre d'un corsage dont le premier bouton manquait, de sorte que le regard entrait dans le creux d'ombre séparant les seins.

L'allumette s'éteignit.

La femme parla à nouveau, mais un léger respect nuançait ses paroles.

— Je te reconnais, mon petit. Mais qu'est-ce que tu faisais là ?

— Je passais dans la rue à côté, et l'idée m'est venue de suivre une de ces ruelles, voilà tout.

Elle demanda, maternelle :

— Tu sais, faut pas avoir honte de me le dire si tu cherchais une femme.

Il se tut.

— Tu es beau gars.

Il aima cet éloge et voulut être poli.

— Toi aussi, tu es jolie.

— Tu trouves ?

— Certainement !

— On dit pourtant que je suis laide.

— Des imbéciles !

Elle fut flattée, mais cela diminuait leur intimité.

Jean reprit :

— Pourquoi fais-tu ce métier ?

La voix du jeune homme avait toute la sécheresse héréditaire d'une famille où l'on se destine en naissant à porter la robe.

Il questionnait comme un juge d'instruction.

En lui-même, d'ailleurs, il tentait de se faire une opinion sur les actes de cette parente inattendue. On sait bien qu'à Paris, comme jadis elle fut à Athènes, la prostitution est une élégance et même une aristocratie. Mais, dans cette petite ville, ce n'est plus que tare dégradante.

Elle parla avec tristesse :

— Je te reconnais, cette fois. Tu es bien le fils de ton père...

Il fut sensible à cette plainte.

— Mais non. Seulement, je suis navré de voir une jolie fille comme toi, et qui porte mon nom, vivre de cette... chose.

Elle affirma, aussi orgueilleuse que lui :

— Je ne fais pas ça comme métier. Je suis blanchisseuse. Mais j'ai une fillette, et mon désir serait de la gâter un peu. Pour le blanchissage, les jours n'ont que douze heures à travailler, et les prix ne sont pas faits par moi. Je te prie de croire qu'ils ne sont pas gros. Alors quoi ?... Je connais des hommes qui viennent me retrouver où nous sommes. Ils sont généreux, j'y gagne plus entre dix heures et minuit qu'à m'éreinter au lavoir. Je voudrais bien savoir au nom de quoi je renoncerais à ça ? Pour que tu me salues dans la rue ?... Mais jamais les Dué riches ne saluent les pauvres de leur nom, si honnêtes qu'ils soient...

Jean ne sut que dire. Il se voyait révéler par fragments la vie sociale et ses engrenages, ses violences et ses fatalités.

Il demanda :

— Tu es du bord de l'eau ?

— Non ! je suis une Dué coteau.

— Pourquoi ne te maries-tu pas ?

— Je suis mariée, et même avec un Dué bouchon. Mais il m'a quittée pour aller avec la Fadasse, la fille du braconnier.

Elle s'arrêta un instant puis reprit :

— Tiens, tu vas voir ce qu'il en est. Connais-tu la petite Lucienne, des Dué du bord de l'eau ?

Il hésita :

— Je crois l'avoir vue.

— Hé bien, on a voulu la marier au ferrouillard, tu sais, le Dué au tablier de cuir ?

— Oui.

— Alors elle n'a pas voulu. Elle s'est sauvée. Que veux-tu que cette petite fasse maintenant ?

Jean se sentit plein d'affection pour celle qui sympathisait ainsi avec sa chère cousine. Il demanda :

— Tu la connaissais ?

— Oui ! Je lui ai dit cent fois de ne pas en arriver à vivre comme moi. Mais on ne fait pas ce qu'on veut.

— Le serrurier était-il un bon parti ? demanda-t-il.

Elle eut un rire saccadé.

— Lui ?... Ah ! il serait préférable que Lucienne meure !

Jean, ému, dit :

— Pourquoi ?

Elle se pencha vers lui et mâcha durement des mots de haine :

— C'est une brute. Il bat les femmes qu'il fréquente, il les tue, il a fait mourir la petite Sautepied, tu sais, qui avait quatorze ans. On n'a pas osé le poursuivre. C'est un Dué. Mais quel salaud !

Jean sentit une émotion neuve courir en lui. Ah ! que de misères et de pleurs sanglants cache la vie des pauvres dont le destin servile est une sorte de promesse d'accepter tout ici-bas.

Il demanda âprement :

— Il ne l'a jamais touchée, Lucienne, hein ?

Etonnée elle eut un frisson, comme prévoyant un drame inconnu dont les données se nouaient devant ses yeux.

— Tu l'aimes, dis ?

Il ne répondit point.

— Ah ! si tu savais tout... Car le ferrouillard est malade avec ça... et une maladie...

Il voulut questionner..

— Il ne l'a jamais touchée, n'est-ce pas ?

Voulut-elle le laisser souffrir, en une revanche de sa pauvreté vaincue ? Songea-t-elle plutôt à éviter de se prononcer ?

Le fait est qu'elle ne répondit point à la

question douloureuse, mais se contenta d'affir-
mer :

— Ah ! elle a bien besoin d'être aimée par un
homme comme toi, capable de faire pour elle...

Lui n'écoutait plus. Il se perdait dans ce
monde de malheurs et d'inexorables défaites
peuplant autour de lui ces demeures qu'il avait
frôlées en les croyant remplies de gens heureux.
Et il en vint à se demander si son père même
connaissait toutes les sanies sociales devant
lesquelles une justice avertie devrait plutôt
pleurer que sévir.

— Ecoute, Alphonsine, dit Jean, que le
poids de nouvelles responsabilités pressenties
ramenait à ses conceptions morales, écoute,
je suis très heureux de t'avoir vue et je ne
t'oublierai pas.

Elle songea :

« Dans une heure tu n'y penseras plus. »

— Tu me crois, Alphonsine ?

Sans rien dire de sa certitude que les paroles
captieuses cachaient au fond une indifférence
polie, elle prit une voix mouillée pour arti-
culer :

— Oh... oui.

— Hé bien, je voudrais que tu ne fasses plus
ce métier.

Elle pensa qu'il fût convenable d'approuver.

— Je ferai comme tu voudras, mon chéri.

Jean sentit que le « mon chéri » venait d'une âme indifférente à ses propres promesses. Il connut le découragement.

— Allons, je m'en vais... Mais pourquoi, Alphonsine, ne vas-tu pas à Paris où ton travail serait peut-être plus rémunérateur qu'ici?

Elle eut un rire léger.

— Et ma fille ?

— Il faut pourtant que tu t'arranges.

Elle crut sentir une menace.

— J'agirai comme tu voudras. Tu pourrais me faire mettre au bloc...

Froissé, il certifia :

— Mais non... Je n'y ai jamais songé, voyons.

Ne sachant comment le satisfaire, elle ajouta simplement :

— Non, petit, c'est la vie ça... et le reste. Tiens, en causant avec toi j'ai perdu quinze francs. Trois hommes sont passés, des habitués...

Il ne voulut plus lutter. Le déterminisme du malheur était trop lourd pour sa force. Il s'en alla. Elle le suivit et ils vinrent côte à côte jusqu'à la rue éclairée. A ce moment passa un homme de carrure massive, la tête enfoncée dans les épaules et la démarche dandinante. La femme se serra le long de Jean.

— Le ferrouillard... Va-t'en. Il serait capable

de revenir droit à nous et de sauter sur toi. Il ne se connaît plus quand il veut une femme.

Il demanda désespérément :

— Tu vas donc avec lui ?

Elle ne répondit point, suivant de l'œil la silhouette épaisse et lente.

— Dis, tu vas donc avec lui ?

— Dame... Mais sauve-toi !

— Me prends-tu pour un enfant peureux ? Je ne crains pas ce serrurier.

Elle devina que le maniement de cette petite âme d'intellectuel fût plus délicat que celui du commun des hommes, et, avec une fausse humilité, se contenta de dire :

— Je vais rentrer chez moi. Je suis bien heureuse de t'avoir connu.

Il murmura

— Adieu !

Craignant qu'il ne fut fâché elle le prit par les épaules.

— Tu sais, je n'y reviendrai plus, c'est fini...

— C'est promis ?

— Oui. Mais enfin, ne crois pas que ce soit si mauvais.

Comme pour donner une valeur plus profonde à son hypothétique renoncement, elle ajouta :

— Car enfin, tu sais, il y a le plaisir...

TROISIEME PARTIE

Deux Sexes

Une vue claire de ces grandes vérités
ne peut manquer de remplir nos cœurs
d'une terrible circonspection et d'une
sainte terreur, qui sont les plus forts
stimulants pour nous porter à la vertu
et les meilleurs préservatifs du vice.

BERKELEY, *Les Principes de la Connaissance Humaine* (Trad. Renouvier).

CHAPITRE PREMIER

Nature

L'air était pur et frais. La mousse offrait un siège commode et doux. Le lieu était solitaire, le feuillage épais. Le père Girofilée donna à Mme Maury sa bénédiction, et par une instruction vraiment féconde, mit le sceau aux opérations cachées de la Foi et de la Grâce.

HÉBERT (*Le Père Duchesne*),
*Vie privée de l'abbé Maury, pour joindre
à son petit Carême.*

Jean Dué se retrouva dans la rue mélancolique. Il constatait avec peine la chute de toutes ses éthiques dans des gouffres sans fond. En trois heures, son esprit avait mûri prodigieusement. Que d'illusions venaient en lui de disparaître sans espoir de retour...

D'abord l'orgueil familial, ensuite la pensée que les hommes font de leur mieux ici-bas pour établir la justice, enfin cette idée, à laquelle il lui coûtait de renoncer, que la volonté ou le mérite sont d'infaillibles moyens de réussite. En sus, le délicat et cuisant tourment, dont Lucienne était l'origine, greffait sur tout cela une sorte d'agaçante mélancolie. Il se disait que la morale enseignée est sans doute à l'usage exclusif des sots ou des enfants. Un homme mûr, il l'avait vérifié étrangement ce jour même, use d'autres principes de conduite. Mais pourtant il lui en coûtait de situer de cette façon le problème de son avenir. Depuis trop longtemps la morale normale était cristallisée dans le cerveau des siens. Il souffrait donc de se sentir écartelé.

Son affection pour Lucienne était-elle coupable ? Non certes, et ses actes, même devers la jeune fille, avaient été innocents.

Il se parlait ainsi, mais un doute naissait aussitôt. La passion secrète escamotait le trouble souvenir des baisers donnés et reçus, avec le délicieux rappel de certaines visions impures et voluptueuses. Ensuite son esprit, qui veillait toujours, demandait : « As-tu vraiment le droit de te dire *pur* désormais ? »

Il ne se répondait pas à soi-même, gêné comme un amant surpris, en mauvaise posture ; comme une femme dévêtue qui se trouverait face à face avec un inconnu.

Mais de toutes les paroles de M. Dué, il résultait toutefois que le destin de Lucienne se présentait moins simplement qu'on n'avait cru. Les enfants s'imaginent que les seuls intéressés ont en toutes choses droit et force d'intervenir. Quelle illusion ! Nous sommes liés à l'humanité entière, et, en tout cas, il nous faut tenir compte de l'opinion même des indifférents.

Que pouvait-il désormais pour Lucienne ?

Le certain c'est qu'aimer consiste à accomplir pour l'objet aimé des actes qui n'ont de valeur qu'à ses yeux. Lesquels ?...

. . . .

Jean était parvenu sur les bords de la rivière. Il suivait lentement le trottoir et le parapet.

La lune se levait, face à sa marche, au-dessus d'une haie démesurée de peupliers serrés comme les lances d'une phalange. Il regarda confusément le bloc laiteux et difforme, d'une couleur d'orange moisie, régner peu à peu dans le ciel.

La lumière qu'il répandait fut d'abord aussi fluide et vague que si elle eût été d'origine humaine. Elle dessinait des ombres incertaines et fantomales. Mais, à mesure que l'astre gravissait la pente douce menant au zénith, tout s'éclaircit avec précision. La rivière fourmillait de vaguelettes d'argent et de mercure. Les perspectives s'enfonçaient fortement dans les pénombres stratifiées. Le regard suivait, vers un lointain obscurément limpide, les mille reliefs marquant les distances. Un toit, là-bas, dont les ardoises luisaient. Plus loin, des cimes d'arbres dont les feuilles polies faisaient un buisson de lueurs tremblantes. Plus loin, encore, deux pans noirs incisés par une coupure grise : une route encaissée entre deux haies de tilleuls. A mesure que son regard plongeait à l'horizon, Jean saisissait de nouveaux repères. Cela illimitait la dimension sagittale bien mieux que le plein jour.

Il s'accouda à une pierre haute. A ses pieds un tapis herbeux descendait vers l'eau lourde et huileuse. Le silence était complet. Derrière le jeune homme, la ville s'endormait dans les lacis lumineux de ses réverbères. Sur la rive, en face, une légère vapeur flottait. Un clapotis infinitésimal dessinait son arabesque légère sur la mutité universelle. Partout les arbres faisaient des taches noires et déchiquetées. Au sud, les prairies, fort loin étendues, formaient une lente déclivité, jusqu'à certaine colline presque transparente, au sommet de laquelle on percevait, fondues dans la liquide lumière, les dernières tourelles subsistantes d'un antique château-fort.

Pas une touffe de vent ne frôlait le front de l'adolescent. Combien de nuits pareilles ont été transmises par les poètes anciens en termes saisissants et harmonieux. Il articula le début d'un vers de Virgile : *Nox erat...*

. . . .

Jean Dué songea soudain que cette solitude signait le caractère anormal de son aventure.

En effet, la ville comptait de nombreux jeunes gens comme lui. Comment se faisait-il qu'il fût seul à rêver en ce moment en tel lieu fait pour le rêve ?

Jean se connut alors bien pauvre et bien petit devant le poids d'une réalité, inédite peut-être, et dont il devrait seul inventer et imposer les solutions. Pauvre Lucienne ! Sans doute se faisait-elle en ce moment les mêmes réflexions. Et le jeune homme, comme un vrai poète romantique, se sentit prêt d'admettre que son amour fût unique ici-bas.

L'orgueil lui vint.

Cette fois il avait un principe d'action.

Qu'est-il en effet besoin de se tourmenter des morales courantes lorsqu'on aime, et de telle sorte que cet amour échappe aux règles admises. Les éthiques sont-elles valables pour César et Napoléon ? L'amour est comme la guerre, il met l'homme au-dessus des lois...

Il pensa : « Je suis seul juge de mes actes... »

Mais aussitôt, douchant cette orgueilleuse certitude, une voix profonde dit en lui : « Tu n'as même pas osé, l'autre jour, embrasser toi-même ta cousine. »

Une colère lui vint. C'était la vérité ! Ainsi

son esprit restait un mélange de velléités et de réflexions magnifiques, mais dont il ne portait pas la réalisation dans sa volonté.

De se sentir double et partagé entre un désir démesuré et des énergies trop déficientes, une grande envie le prit de pleurer. Il vint, au bord même de l'eau, s'asseoir sur l'herbe et se mit mécaniquement à arracher le gazon mouillé.

Il lui parut qu'il accomplissait un rite très beau et très ancien en jetant ces molles tigelles au fil de l'eau sombre. Il eût voulu en tresser des couronnes qu'il offrirait aux oréades, et son âme rajeunie lui fit regretter le temps où l'on pouvait parler avec les divinités charmantes et subtiles des arbres et du flot.

Tous les mots qui désignent comme des êtres, dans la vieille langue latine, les fleurs, la lumière, les étoiles, le gazon, les rivières et le ciel lui revinrent à l'esprit. Il entendit dactyles et spondées, sonner leurs rythmes mythologiques. Et cela lui fit ressouvenir que le poète des *Métamorphoses*, amant né des belles Romaines, fut un jour exilé vers la mer Noire où il mourut. L'Amour, à ce rappel, devint devant ses yeux une divinité tragique et redoutée. Il pousse — Jean venait de s'en apercevoir — l'individu humain à violer toutes les lois morales. Et alors...

Eh bien soit ! Il violerait ces lois. Il sacrifierait toutes les félicités sociales pour la joie éperdue de tenir embrassé le corps de sa cou sine. L'amour seul infinise les minutes. Le reste ressemble à cette heure insaisissable dont parle Perse :

Fugit hora, hoc quod loquor inde est.

L'heure que je parle est déjà disparue, et aussi l'heure que je pense, et aussi celle que je consacre aux actions dont la seule valeur est celle de l'opinion des foules. Une seule heure ne fuit pas, c'est celle du baiser.

Il se releva. La lueur lunaire paraissait lui parler. Il connaissait ce paysage médiocre dont jamais de jour la beauté ne lui était apparue ainsi. Et maintenant il suffisait d'une lumière vaporeuse et d'un état d'âme pour le transformer, le rendre si attendrissant et si émouvant que le jeune homme se sentait vraiment à cette minute le cœur d'un pasteur de Longus.

Ainsi l'amour agit et change toutes les valeurs humaines. Que viennent faire ici la morale avec ses règles et les ordres sociaux codifiés pour le bon ordre des familles et la transmission des richesses ?

L'homme n'est point fait pour obéir à d'autres voix que celles inscrites en lui par le désir et l'amour.

. . . .

Jean revint à la ville avec lenteur. Une émotion complète et sans arrière-pensée gonflait son cœur amoureux.

Il croyait connaître dorénavant la loi souveraine du monde, cette loi que ses camarades ignoreraient longtemps encore, parce que, jamais, durant une belle nuit de printemps ils n'allèrent rêver dans la solitude, entre une rivière lente et sa campagne parfumée.

Se sentant possédé d'un orgueil vaste comme la nuit, il suivait silencieusement le parapet, au bord de la déclivité gazonnée, lorsqu'il entendit deux voix.

Il y avait, étendu sur l'herbe, un couple heureux qui mêlait de tendres paroles à ses enlacements.

Fasciné par cette rencontre, qui pesait de tout son poids de réalité sur ses théoriques songeries, Jean cessa de bouger et écouta. En temps normaux, il eût trouvé cette curiosité bien indiscrète et discourtoise. Maintenant, non ! Il se retint même de ne pas leur crier son enthousiasme et qu'ils avaient en lui un admirateur et un fervent...

La femme disait :

— Je t'aime.

L'affirmation s'attestait à la fois languide et forte. Elle ne comportait aucun démenti possible, et contenait à la fois une victoire et un irrésistible abandon.

L'homme dit :

— Oui.

Un silence suivit, puis la femme reprit d'une voix pâmée :

— Quelle belle nuit. Elle est faite pour nous. Je me sens d'accord avec des choses souveraines qui planent partout.

— Peut-être !

— Je voudrais qu'il y eût d'autres amoureux que nous pour la goûter comme je fais. Le bonheur égoïste est triste.

L'homme dit durement :

— Peu d'êtres sont faits pour le bonheur. C'est une grâce et une prédestination.

— Tant pis ! dit la femme.

Jean s'éloigna avec lenteur et prudence. Cette félicité l'irritait maintenant. Il se vit triste à nouveau. Ainsi, tous les hommes croient être seuls à penser, et beaucoup seuls à jouir. Ils tirent donc orgueil du sentiment fallacieux d'apparaître exceptionnels. Pure ignorance... En fait ils se suivent comme sautaient à la mer les moutons de Panurge. Toutefois ils entourent leurs actes d'un tel mystère que l'illusion persiste en eux. Peut-être, même en ce moment, la moitié de la cité courait-elle le guilledou ou se vautrait-elle en amour parmi les buissons, dans les prés et sur les bords de cette paisible rivière. On n'est jamais seul...

Jean ne se formulait toutes ces hypothèses que d'une façon vague et en somme puérile. Intelligent, il suivait seulement les pentes logiques de l'esprit. Mais les données stables manquaient à ses raisons. Il le sentait et cela le poussait maintenant à un plus grand dégoût des idées qu'on lui avait enseignées.

Il se trouva en ville. La paix n'était certes point en lui. Et sur tant de rêves complexes et divinatoires, l'image de Lucienne passait sans répit.

Que faisait-elle en ce moment ? Il l'imagina contemplant comme lui la lune.

Mais d'avoir vu le couple amoureux, il en vint soudain à imaginer que Lucienne pût penser sur une autre voie... à un autre homme... Son cœur en éclata brusquement... Il voulut se raisonner. L'amour ne comporte-t-il pas une sorte de magnétisme qui force la réciprocité ?

Il se trouvait, sans s'en apercevoir, au centre douloureux de l'immense passion qui ruisselle depuis des siècles dans les âmes. L'impérialisme sexuel cherchait en lui à se formuler. Qui aime doit être aimé. Cela lui semblait aveuglant.

Et désespérément il se demanda encore à quoi Lucienne pouvait songer...

Comme, près de sa demeure il tournait dans

une large voie ornée sous les arbres d'innombrables bancs — orgueil de la municipalité
et désespoir des moralistes — il vit un autre
couple enlacé. Aucune éloquence ne l'animait,
mais une fièvre incontestablement amoureuse.

Jean se dit que pour n'avoir jamais vu ces
choses jusqu'ici il fallait qu'il eût été étrangement borné... Et il devina que l'amour n'est
pas seulement un plaisir, mais encore et surtout
une compréhension du monde, une fenêtre de
l'intelligence, par laquelle on commence à
deviner les secrets du destin.

CHAPITRE II

Complications

> Mais en même temps, éviter d'enseigner (aux filles) l'excès de la politesse et de la propreté. Montrez-leur la meilleure manière de faire les choses, mais montrez-leur encore davantage à s'en passer.
>
> Fénelon, *Éducation des filles*
> (Instructions sur les Devoirs).

Comme Jean sortait du lycée en conversant avec un de ses camarades, il vit une vieille mendiante qui semblait le guetter et lui faire des signes de son œil chassieux.

D'abord il n'y fit qu'une minime attention. Mais la vieille le suivait. Il lâcha donc son compagnon et se mit en marche par les ruelles les moins fréquentées que sa route pût comporter.

Lorsqu'il fut en un passage isolé et solitaire, il se retourna. La femme le suivait toujours. Elle accourut :

— Tenez ! dit-elle sans préambule en tendant un papier plié.

— Qui vous a donné cela ? demanda le jeune homme avec un air sévère.

— C'est Lucienne Dué. Elle m'a dit comme ça : « Tu connais le fils Dué, de la famille ? Pensez si je vous connais... Haut comme ça... Je pouvais dire que je vous connaissais... »

Jean interrompit ce verbiage.

— Où était-elle ?

— A Bel-Ebat, dans votre maison.

Jean avait bien deviné, dès le début de cette rencontre étrange, qu'il ne pût s'agir que de sa cousine.

Mais la certitude l'encoléra. Ainsi toute la ville allait savoir son aventure. On clabauderait sans fin et bientôt ses parents eux-mêmes seraient informés. Cela finirait par une vraie catastrophe. On le soupçonnerait d'avoir été l'amant de la jeune fille. Le père de Lucienne ferait chanter M. Dué père. L'histoire le suivrait partout et le rendrait à la fois ridicule et louche. Ce serait un malheur complet.

— Quand l'avez-vous vue ?

— Hier à dix heures. Je revenais de ramasser du bois. Vous devez bien comprendre que je dois ramasser, l'été, du bois pour mon hiver. J'avais mon fagot sur le dos, lorsque, au coin

de la sente, j'ai vu la petite. Elle m'a dit :
« Tiens, porte ça à... »

— Elle vous a expliqué comment elle se trouvait là ?

— Bien sûr. Je connais l'histoire du forgeron. Il se vante partout qu'il a couché avec elle. Mais c'est un menteur. On le sait.

Jean demanda, comme malgré lui :

— Tiens... Il dit ça ?

— Oui...

La femme devina avoir trop parlé. Elle continua :

— Ah !... Ce qu'elle vous aime, cette enfant !

— D'autres que vous l'ont-ils vue ? demanda Jean.

La vieille fut dubitative.

— Je ne le pense pas. C'est si isolé, votre maison !

— Mais puisqu'elle était sur la route ?

— Oh ! elle est accourue en me voyant et elle est rentrée tout de suite.

Désireuse d'apaiser ce grand jeune homme grave, la mendiante reprit :

— Ce qu'elle est mignonne tout de même. Il n'y a pas la pareille, et bonne avec ça. Elle m'a donné trente sous.

Jean comprit l'appel. Il donna deux francs à la messagère, puis tourna les talons.

La femme courut après lui.

— Elle m'a dit qu'il y avait une réponse.

Jean fronça coléreusement les sourcils.

— Quand devez-vous la revoir ?

— J'ai à y passer ce soir.

Il prit le papier et lut :

« Jean, mon aimé, j'ai besoin de te voir. Viens vite. Je t'attends cette nuit. »

Il y avait une demi-douzaine de fautes d'orthographe.

Il articula sèchement :

— Pas besoin de réponse écrite. Dites que j'y serai.

Alors il s'en alla nerveusement, sans un mot de plus.

Jean Dué était fort irrité contre sa cousine. Cette fois la mesure apparaissait comble. Il avait fait des choses moralement mauvaises. Il s'était compromis, et ne demandait d'ailleurs qu'à continuer. Soit ! Mais enfin fallait-il que la bénéficiaire de tant d'efforts les comprît et que ses actes à elle fussent sages et prudents ? Hélas !... L'éducation de cette enfant restait toute à faire. La différence des castes jouait. On ne devrait aimer que dans son milieu. Lucienne se conduisait en petite étourdie, en « Dué du bord de l'eau »... Tant pis pour elle. Jean l'expulserait. C'en serait fini de cette histoire.

L'amour n'avait plus aucune place dans sa pensée...

.   .   .   .

Rentrant chez lui, Jean commença de trembler que son père informé ne le fît appeler pour de méthodiques reproches. Il fut soulagé en voyant que nul n'avait l'air préoccupé. Donc l'affaire restait ignorée. Pendant le dîner il guetta ensuite toutes les paroles de sa mère, qui avait accoutumé de faire attendre longtemps et de préparer avec lenteur les observations jugées nécessaires.

Le calme lui revint enfin. Dès qu'il le put faire sans choquer les convenances familiales, sous prétexte de migraine, il se retira dans sa chambre.

Alors Jean se mit à lire en attendant que ses parents voulussent se coucher à leur tour. Cependant la colère, qui maintenant débordait en lui, occupait toutes les avenues de sa pensée. L'orgueil poussait chez ce jeune homme timide et modeste des tiges énormes et rapides. Il sentait monter dans son cœur un mépris écrasant pour tous les Dué pauvres et besogneux.

Ainsi, par bonté pure, il avait voulu plaire à une fillette chassée de sa famille. Rien de plus juste que son désir. Et voilà que sa récompense serait une multitude d'ennuis et de soupçons. Jean cultivait l'horreur des reproches injustifiées, et plus encore de ceux dont la fausseté ne pût être l'objet d'aucune preuve. Ainsi des rapports de sexes. Qui pourrait établir le degré des privautés prises envers Lucienne ? Or Jean, surtout parce qu'il n'avait pas osé la toucher, tenait à ce qu'on le sût bien, si on apprenait l'histoire. Mais il devinait fort nettement que personne n'ajouterait foi à ce vœu de chasteté.

Il aurait donc le désagrément — fort amer — de passer pour un séducteur, quand lui-même s'attribuait, avec l'infatuation de la jeunesse, toute la responsabilité volontaire et calculée d'un comportement pudique et correct.

Par-dessus le marché, son avenir en souffrirait peut-être. Les faits les plus minimes le concernant lui semblaient devoir être écrits dorénavant partout en traits de feu...

Il s'agaçait donc dans sa chambre pendant que la pendulette décomptait les secondes. Lucienne lui parut de minute en minute plus détestable. Il en venait à imaginer que toute l'affaire pût avoir été combinée, avec la complicité de Lucienne et des siens, par le ferrouillard désireux de discréditer les Dué de la magistrature. Et sentant qu'il exagérait, Jean voulait exagérer encore, afin de parvenir au degré le plus haut de rancune, pour le moment où il serait à Bel-Ebat devant sa cousine.

Ah ! cette fois, on pourrait lui offrir des tableaux vivants et des déshabillés galants. Il resterait froid. Bon de se laisser prendre une fois à ces entrevisions de chairs intimes. Il en était guéri pour la vie. Lucienne s'entendrait dire ses quatre vérités...

Longtemps, dans une rêverie demi-inconsciente, Jean laissa sa pensée divaguer ainsi. Par moments, sa colère était si grande qu'il se demandait s'il ne serait pas bien inspiré, en arrivant, de violer sa cousine, sans entendre ce qu'il imaginait de supplications...

. . . .

Le pas tranquille de M. Dué s'entendit dans le couloir. Le sang-froid revint à Jean. Il écouta avec acuité tous les bruits de la maison. La servante Angèle monta à l'étage au-dessus. Il entendit couper l'électricité et l'immobilité fut totale partout.

Un quart d'heure encore il attendit, faisant des efforts violents pour ne pas s'agiter frénétiquement. Enfin il se releva. Le moment était venu.

Jean ouvrit doucement sa porte. Déjà dans le couloir, il se souvint n'avoir pas d'argent et revint en prendre. Il ne sut pourquoi il agissait de cette façon. Comment imaginer en effet qu'il eût besoin d'argent pour aller exécuter la décision prise ? D'autant qu'il ne ressentait envers sa cousine aucun sentiment affectueux en ce moment.... Il ferma enfin avec lenteur puis descendit l'escalier. En bas il poussa un soupir soulagé, traversa la cour et vint à la porte familière par où sortait la servante et passaient les fournisseurs. Il fut un temps infini à introduire la clef dans la serrure. Debout dans la venelle il écouta un instant la nuit. Le silence absolu l'entourait d'une sorte d'ombre spirituelle. Il se mit alors en marche, hâtivement. Il était si occupé à éviter les lieux où la lumière pouvait le faire reconnaître, et ceux où quelque passant l'eût croisé et deviné, qu'il en oubliait Lucienne. Au fond, il se reprochait crûment tant de précautions puisque ses actes restaient en fait sains, purs et moraux.

Il marcha longtemps par les voies les plus méprisées, datant sans nul doute de six ou sept siècles. Enfin, les maisons s'espacèrent autour de lui. Il côtoya des murs de jardins muets, puis des cultures bordées de palissades. Au bout d'une demi-heure il fut en pleine campagne, dans la forte odeur de terre et de végétaux. La lune apparaissait au nord-est. On la voyait poindre au-dessus des arbres. L'air était tiède et doux. Des maisons rares et basses s'entrevoyaient çà et là dans la solitude sombre et vaporeuse. Très loin un chien hurlait par moments. Des hauts peupliers dessinaient de mystérieuses arabesques sur le ciel gris et limpide. En se retournant Jean discernait les dernières lumières de la ville, pareilles à des clous brillants et jaunes. Sur le sol feutré de mousses du sentier champêtre, où les voitures ne passaient pas, la marche fut douce et charmante. Un cri d'oiseau nocturne lui vint d'un haut buisson côtoyé.

. . . .

Jean marchait tranquille et serein. Le grand air et la tristesse nocturne calmaient sa fièvre. Il se trouvait maintenant beaucoup moins pressé d'arriver. Il songeait à la peine de sa cousine, lorsqu'il prononcerait les mauvaises paroles. Alors une vague bonté lui disait de se moins hâter. Puisqu'il en viendrait là, pourquoi ne pas attendre le dernier moment ?

A certaine minute il vit au loin des ombres venant en sens inverse sur sa route. Pour ralentir encore, il se dissimula dans un buisson. Un homme et une femme passèrent, des campagnards, qui parlaient haut d'un ton criard, Jean attendit que derrière lui ils fussent disparus pour se remettre en marche.

Alors il reprit son chemin. Il trouvait un charme infini à ce sentier large comme une grand'route mais que le passage d'une voie ferrée avait jadis coupé, en lui refusant un passage à niveau.

Dans le jour, ce coin de campagne était déjà bucolique. Mais la nuit, et sous la lune, cette verdure étendue comme un tapis de cérémonie, ces arbres d'un noir magnifique et doux, cet horizon découpé et délicat, à travers un air plus fluide, eût-on dit, donnaient à toutes choses un agrément infini, une poésie de tendre et émouvante finesse, une voluptueuse et chaste beauté.

A mesure que Jean avançait, la lune montante dessinait mieux le ténébreux paysage. Entre les masses arborescentes, la campagne faisait maintenant de larges taches d'un vert sourd et rabattu de grisaille. Le ciel devenait d'une couleur inconnue, vert liquide autour de l'astre, lui-même pareil à un morceau d'étain reflétant du velours rouge, et dégradé jusqu'à certain bleu épais et profond, où les étoiles, piquées comme des épingles, jetaient de petits jours minuscules et tremblotants.

Il s'arrêta un instant :

— Est-ce beau, tout cela est-ce beau ?

Il mêlait Lucienne à son émotion et se sentait ensemble envie de jouir et de pleurer.

Soudain il entendit au fond de sa conscience une sorte de voix qui disait :

« Tu trouves cela beau parce que tu portes en toi du malheur... »

Il retourna cette idée redoutable qui lui

semblait atrocement vraie. Aussitôt tout sombra dans une tristesse écrasante. Il ne reconnut plus le décor et commença de souffrir.

Des grenouilles flûtaient au loin. Des bestioles inconnues frottaient quelque part de crissants élytres. Le vent agitait gentiment des feuilles pareilles à de la soie. Un bruit de voiture extrêmement éloigné apportait, comme une plainte déchirante, le grincement d'un essieu.

. . . .

La maison familiale apparut dans son jardin clos.

Une sourde émotion sangla brutalement la poitrine du jeune homme. Le moment tragique était venu.

Il tira de sa poche une clef et fut étonné de la sentir si froide.

La porte fut à trente mètres, à vingt, à dix, à cinq...

Elle est là...

Jean trouve lentement le trou de la serrure et s'efforce d'ouvrir sans bruit.

Il entre et referme avec les mêmes précautions. Le voici dans une allée sablée. Il croit reconnaître une odeur familière, fondue avec la silhouette du grand poirier taillé en rhombe.

Il avance. Ah ! avoir le courage de se sauver à toutes jambes !...

Mais pourquoi donc, Jean Dué, portes-tu cette émotion absurde. N'es-tu pas chez toi ?

Il approche de la maison. Pas un bruit n'en sort, pas une lumière n'est visible. Cette tristesse sombre lui broie le cœur.

Ramassant tout son courage, cohérant ses idées et prêt soudain à dire les paroles violentes qu'il a préparées, il entre...

CHAPITRE III

Escrime d'amour

Il n'y a point dans le cœur d'une jeune
personne un si violent amour auquel
l'intérêt et l'ambition n'ajoutent quelque
chose...

La Bruyère, *Caractères* (Des Femmes).

— Ah ! mon cousin, vous m'avez fait peur.

Lucienne est là, paisible, lisant sous une
lampe à pétrole dont la clarté fait un petit
cercle doré.

Elle se tient la poiţrine avec une émotion
peut-être feinte. Jean ne voit que le joli visage
dont les méplats se dessinent crûment. La nuit
noie le reste de la vaste pièce dans une ombre
opaque.

— Ah ! mon cousin, pourquoi êtes-vous
entré ainsi sans faire aucun bruit ? Lorsque la
porte s'est ouverte, j'ai cru que c'était un assassin et pensé mourir d'épouvante.

Elle reste assise, et lui stagne debout, sans

quitter la partie sombre où il prend un air vaguement tragique.

Enfin, d'une voix caverneuse, il demande sottement :

— Que lisiez-vous donc, Lucienne ?

La question est absurde et prête à rire. Lucienne le voit mais garde sa gravité. Elle dévisage avec anxiété son cousin et se met seulement en défense.

Froidement, elle répond :

— J'ai trouvé cela dans le grenier. Ce sont *les Mémoires de Vidocq*.

— Ah oui, je connais.

Elle éclate de rire.

— Puisque c'est à vous. Il est naturel que vous connaissiez cela.

Il répond, toujours sinistre :

— Evidemment.

Lucienne comprend que Jean arrive avec des sentiments hostiles. Pourquoi ? Elle l'ignore. Les hommes ont toujours des idées baroques. Elle pense en tout cas qu'il va sans doute lui demander de partir. Tout de suite elle envisage la nécessité de gagner vingt-quatre heures. D'ici là on verra à trouver un autre protecteur. Il y a de riches propriétaires autour de la villa des Dué...

Il pourrait encore lui demander compte des quarante francs qu'il a donnés, ne possédant que cela, l'avant-veille... Peut-être ses parents contrôlent-ils ses dépenses. S'il réclame cet argent elle calcule le mensonge le plus intelligent à dire. Car la petite somme est déjà dépensée. Un marchand ambulant passait hier sur la route avec sa voiture, étalant les mille colifichets qui furent à la mode de Paris voici quinze ans. Elle a vu le char aux côtés levés qui gagnait le village voisin. Courant après cette marchandise polychrome, étalée et visible de loin, elle acquit une paire de bas de soie, et une écharpe aux dessins éclatants. Le tout coûtait trente-huit francs cinquante. La mendiante a eu le reste.

Féline et attentive, elle guette donc son cousin. Contre lui comme contre le forgeron, Lucienne Dué est prête à combattre.

Un instant passe et Jean se sent devenir très sot.

Il va parler. Pour le décontenancer, devinant les paroles prêtes, Lucienne prend la parole ironiquement.

— Mon cousin, je vois que vous avez quelque chose de déplaisant à me dire. Je ne m'en étonne pas. Lorsqu'on est malheureuse, tout le monde vous accable... Enfin dites donc la chose, je m'attends à tout.

Elle guette le masque du jeune homme et insolemment :

— On peut écouter assis ?

Jean, surpris, perd le fil de ses idées. Il aurait fallu, pour qu'il pût tout dire, lui laisser dérouler son discours point par point. Maintenant, tout en lui s'embrouille. Néanmoins il trouve cette formule pour essayer de démêler l'écheveau :

— Lucienne, vous avez eu tort...

La jeune fille croit qu'il s'agit de son achat, et, pour rejeter le sujet délicat, elle change à nouveau de batteries.

— Mon cousin, on a beau avoir des choses graves — du moins on le dirait — à exposer, on n'en dit pas moins bonsoir.

Ahuri, il se tait. Cette fois elle le tient.

— Bonsoir, Jean !

Elle se lève et va à lui.

— Vous avez l'air bien guindé, cette nuit ?

Bêtement il riposte :

— J'ai mes raisons...

— Dites-les moi. Ce n'est pas un secret, j'imagine ?

Alors elle lui saute au cou et l'embrasse fougueusement. Il voudrait écarter ce corps chaud et souple mais le geste qu'il esquisse pour cela le déçoit cruellement. Ne saisit-il pas les seins de la jeune fille d'un geste qu'il voulait sans douceur ?...

Alors, comble d'horreur, ses mains qui

devraient se conduire en servantes fidèles de sa froideur irritée, ne s'avisent-elles pas de se refermer sur le corps bulbeux et émouvant ?...

Jean ne reconnaît plus sa volonté.

Lucienne, avec un rire clair, s'éloigne.

— Mon cousin, vous devenez hardi.

Lui veut se disculper.

— Lucienne, ne croyez pas...

— Je n'ai rien à croire. Mais ditez-moi qui vous enseigna ces façons.

— Je vous...

— Dans quelle maison galante vous a-t-on appris l'art de saisir les femmes ?

Elle triomphe, mais elle exagère aussi et vient le provoquer de ses seins tendus en ricanant.

— Fi... le débauché !...

Jean se connaît ridicule, et, pour un peu, il vaincrait sa cousine en la prenant à pleins bras pour l'embrasser et lui faire demander grâce. Mais au fond il n'est pas mécontent de la façon dont s'engage la dispute. Tout de même, il ne voudrait pas être toujours humilié.

Elle veut cependant maintenir ses avantages et reprend :

— Me voilà fraîche, dans cette maison isolée, avec un galant aussi audacieux.

Son rire provocant sonne. Mais elle voit durcir la face de son cousin et de nouveau redevient cordiale.

— Ne restez pas debout comme cela et venez vous asseoir sur le divan où vous m'exposerez tout ce que vous avez de désagréable à dire.

Comme il ne bouge point elle le prend par la main.

— Ah ça, il faut une bêche pour vous déplanter...

Les voilà tous deux assis côte à côte.

— Je vais vous tenir les mains, propose-t-elle en riant.

Pris au piège il écarte les bras.

— Vous n'y parviendrez pas, Lucienne.

Elle risposte, les yeux fixés sur ceux de Jean :

— N'empêche que vous ne recommencerez pas à me prendre comme tout à l'heure.

Et lui, puérilement, sans voir l'invite, se lance à nouveau. Il empoigne les deux colombes tremblantes de cette jeune poitrine et les serre à travers le mauvais corsage.

Elle fait semblant d'être désarmée et son visage s'empourpre.

— Vous êtes trop fort, mon cousin.

— Cela vous apprendra, Lucienne, à me mettre au défi...

Se croyant habile, il dit fièrement :

— Défiez-moi encore.

Elle s'exclaffe.

— Ah !... Ah... le petit malin !

Jean n'a plus maintenant que des paroles aimantes à dire. L'orage est passé sans malheur.

— Alors, je vous ai surprise, ma cousine ?

— Dame !... Je suis seule et ne vous attendais pas à une heure fixe... Alors...

— Personne ne sait que vous êtes ici, Lucienne ?

Elle le regarde avec finesse. Attention à cet interrogatoire !

Il reprend grossièrement :

— Je voulais voir si vous étiez avec quelqu'un...

La voix féminine se fait sifflante et âcre.

— Croyez-vous, Jean, que je fasse la chasse aux hommes ?

Jean est fâché de ses propres paroles. Mais il persiste.

— Vous êtes irritable, Lucienne.

Attentive elle voit là une arme à utiliser.

— Naturellement, mon cousin. Est-ce que je peux penser à d'autres que vous ?

Le mot ne porte pas. Jean n'est pas encore assez amant pour aimer les compliments des femmes. Il rétorque :

— Ma cousine, je ne suis pas beau et séduisant au point de croire qu'une jolie femme me choisisse comme sujet de ses pensées.

— Vous avez peut-être tort, Jean.

— Peut-être ?... Mais dites-moi donc pour

quoi vous avez chargé cette vieille taupe de m'apporter un message. Elle va le répéter partout.

Cette fois Jean est content de soi. Il a lancé sa phrase tout à trac. Elle ne s'engrène pas très bien avec le reste de la conversation. Mais l'important était de la dire. C'est fait.

Lucienne répond avec lenteur :

— Qui vous dit, cousin, que la vieille bavardera ?

— Une mendiante, ça ne peut pas être discret.

Elle hausse les épaules.

— Parlez de ce que vous savez, Jean, mais pas du reste. Les mendiants possèdent tous d'importants secrets et ils les gardent. Le métier fait connaître bien des choses, allez...

— Comment savez-vous que la vieille est discrète, pour ne parler que d'elle ?

— Mais, Jean, elle veille les morts, elle fait les commissions des amants, elle aide les fraudeurs et les braconniers. Croyez-vous que cela puisse s'allier avec les confidences inconsidérées ?

Jean se tait. Dans sa pensée, et parce qu'il est un fils de riche bourgeois, il ne peut spontanément croire aux qualités du bas peuple. La discrétion comme la franchise doivent être vertus de gens cossus. Pourtant le ton acerbe de sa cousine le frappe. Il aime à recevoir des leçons justifiées et s'incline.

— Ne soyez pas si dure, Lucienne. Je sais bien que la vie ne m'a pas encore révélé tous ses secrets, et je puis me tromper. Je reconnais qu'ici vous avez sans doute raison.

Elle sourit avec amabilité, sans mot dire, puis hoche la tête avec un sérieux teinté d'ironie.

Il ne peut raccrocher la suite de son discours.

Lucienne est subtile. Elle joue ici une partie difficile. Elle le sait. Son but est désormais, dans l'incertitude d'un avenir menaçant, d'obtenir beaucoup de son cousin. Beaucoup... telle est sa formule intime, mais elle est bien vague. Jean ne doit pas disposer d'importantes sommes d'argent. Toutefois, le pressentant, elle se fait encore de la fortune une idée romanesque. Elle se figure que les Dué doivent posséder en quelque lieu secret des monceaux d'or où l'on pourrait puiser...

Mais Lucienne ne sait pourtant pas comment passionner Jean, de telle sorte qu'il devine seul et offre ce qu'elle attend de lui. Elle n'ignore point que son désir ne saurait s'exprimer. Il se suggestionne. Et tout en sachant que femme elle porte le mystère de toutes suggestions devers les mâles, elle n'est pas sûre même que se donner soit propre à la servir. D'ailleurs elle ne voudrait se donner qu'en amour. Or, si elle aime son cousin, cet amour s'évapore quand elle songe au bénéfice matériel à en extraire...

Elle se laisse enfin porter par la lascive cautèle, qui, au fond, l'excite.

— Dire qu'il ne m'a pas embrassée en entrant. Quelle honte !...

Elle lui prend le visage, puis jouit de le mépriser et de l'adorer.

— Qui a-t-il embrassé ces jours ?

— Mais, cousine, je vous aime !

Il a fait cette déclaration avec franchise. De son inconscient monte toutefois en lui le confus sentiment de parler comme un sot.

Lucienne l'écoute avec une fausse attention qui la laisse libre. Elle veut sembler entendre des paroles importantes mais au fond elle rit.

— C'est bien vrai, ce mensonge-là ? dit-elle sournoisement.

— Doutez-en, ma cousine, répond Jean avec franchise et dignité. En fait, ce sera peut-être un service que vous me rendrez.

Lucienne devine la profondeur de ce mot amer et le laisse choir. Quelque chose lui dit qu'il y a là, malgré les appels de la coquetterie, une matière scabreuse à fuir aussitôt.

Un silence naît. Elle le rompt :

— Je ne désire que votre bonheur, mon cousin.

Il lève la main avec lassitude.

— Si encore on savait ce que c’est : « le bonheur ».

— Comme vous êtes triste, Jean. Et dire que j’en suis cause. Eh ! je ferais mieux d’aller me jeter à la rivière. Au moins j’éviterais de connaître les nouvelles misères qui m’attendent !

Jean glisse sur cette pente et il la rassure :

— Lucienne, vous êtes jolie, spirituelle et libre. La vie s’ouvre devant vous qui avez tout ce qu’il faut pour y réussir. Comment parler de mourir ?

Elle répond, la voix âcre :

— J’ai tout sauf le nécessaire. Je suis à charge à tout le monde.

Elle veut risquer une attaque de sauvegarde, habilement.

— Qui sait si vous n’êtes pas venu ce soir, avec cet air tragique, me dire de m’en aller ?

Elle ne croyait pas à cette imagination, mais obéissait au désir féminin d’être plainte et de s’entendre faire de nouvelles promesses. Toutefois la phrase jetée avec un air attristé frappa Jean et l’emplit d’une compassion douloureuse. D’avoir conçu le renvoi de sa cousine il se tint aussitôt pour criminel. C’était un adolescent que dominait la confiance en ses sentiments et la foi dans la logique du cœur. Un brusque renversement modifia donc d’un coup l’équilibre de cet esprit, auquel d’ailleurs

les livres enseignaient sans cesse à s'émouvoir.
Ses yeux dirent, devant le regard aiguisé de
Lucienne, son bouleversement secret. Elle sut
encore deviner le mystère de cette bouche
abattue et de cette larme qui sourdait aux
angles intérieurs des paupières. Alors elle
joua sa partie. Elle n'était point pure, mais
ne s'était jamais offerte. Une flamme âcre
passa en elle sans pourtant altérer son esprit
aigu et froid. Une seconde elle appartint à
Jean, de tout son corps laminé par le besoin
d'une douleur heureuse. Et dans cette impulsion ardente, elle sauta sur le jeune homme,
pareille à la mante dévoreuse de mâles, arquée et
possessive, cruelle inconsciemment, et sanglée
par le désir.

Elle prit comme un bourreau la tête juvénile
de son cousin, la tordit et apposa ses lèvres sur
la bouche vierge. Une saccade des avant-
bras approfondit ce baiser ; une crispation
ouvrit ses lèvres, et des dents elle entre-bâilla
de force la bouche virile. Alors elle en prit
colèreusement les muqueuses éréthisées puis
posséda Jean ainsi avec la fougue râlante
d'un amant exaspéré qui révèle l'amour à une
jeune fille vaincue...

Le jeune homme, comme sous le passage
d'un arc voltaïque, plia les reins, sentit un
tison ravager ses lombes et pâma.

CHAPITRE IV

Duel

> Il est certain que pourvu que notre
> âme ait toujours de quoi se contenter en
> son intérieur, tous les troubles qui lui
> viennent d'ailleurs n'ont aucun pouvoir
> de lui nuire, mais plutôt servent à aug-
> menter sa joie.
>
> DESCARTES, *Traité des Passions* (§ 148).

Jean Dué regarda autour de lui. Il avait
l'impression de naître en ce lieu même à la
minute où sa conscience le lui manifestait.
Tout d'ailleurs lui était familier de cette demeure
où, avec les siens, il avait passé tant d'heures
paisibles en son enfance. Nul détail des aîtres
qui ne lui rappelât mille souvenirs, fort indifférents au fond, et gravés en sa pensée par leur
répétition seule.

Mais Lucienne venait de le baiser profondément sur la bouche. Durant les vingt secondes
qu'avait duré ce contact, Jean crut entrer dans

un domaine inconnu de fièvre cuisante et de voluptueuse douceur. Cet enfer paradisiaque torturait encore ses nerfs délicieusement. Durant une minute il comprit ces êtres qui pensent avoir vécu d'autres existences. Un trouble tel les hante. Une coupure brutale se fait dans leurs perceptions. S'ils manquent de sens critique, leur imagination flotte dès lors sur les limites du monde réel. Jean, en même temps, jugea avec épouvante la fragilité en lui des barrières morales. La tentation monstrueuse du corps de sa cousine prit devant sa pensée une importance définitive, et, le sentiment qu'elle fût hors d'atteinte parut aussitôt risible et minuscule...

Ce dédoublement — chose inattendue — était agréable et savoureux... Mais Jean n'était pas assez mûr pour accepter d'avoir tort devant soi, ni assez puéril pour consentir à l'impulsion égoïste que ne colore aucun désir de loyauté. De là son trouble et la stupeur qui le saisit un court instant. C'est qu'il avait très bien senti en quoi cette demi-minute de délire n'était point inerte, et qu'en s'y abandonnant il aurait commis sans le vouloir des actes dont quelque chose — il n'aurait su dire si de son esprit c'était le principal ou l'accessoire — avait horreur au fond de lui.

Lucienne recula mais resta debout. Son

visage était dans l'ombre et elle suivait avec
curiosité sur le masque tendu de son cousin
les manifestations de son anxiété et de ses
désirs. Elle-même cultivait dans son excitation érotique une confuse admiration pour
Jean. Elle pressentait bien maintenant que ce
ne fût point par timidité exclusive, par honte,
ni par pudeur qu'il restait ainsi pantelant sous
son baiser. Finement, elle lisait la lutte, en cette
âme adolescente, des réflexes et de la volonté.
Certes, elle méprisait un peu l'homme qui semble offusqué d'une familiarité féminine si simple,
et dont elle avait, sans vouloir ni se prêter ni
se donner, fait cent fois l'essai sur des jeunes
gens de son âge et sur des fillettes. Mais toutefois elle sut que Jean n'éprouvait point devers
elle les sentiments brutaux du petit galant
affamé de la chair des femmes. Il s'était donc
seulement commandé de ne pas toucher à sa
cousine, et, malgré l'âpreté d'un contact qui
enflamme toujours les mâles, il résistait à cette
poussée sexuelle qu'elle avait devinée en lui
aussi ardente pourtant que chez quiconque.
Néanmoins, Lucienne était une jeune fille
habituée, par l'instabilité de son passé et ce
qu'elle prévoyait en son avenir, à prendre de
la vie les plaisirs qu'elle offre, sans calculer si
leur valeur morale les rend méprisables. D'ailleurs, pour elle, la moralité ne se trouvait point

sur le même plan que le plaisir. Sans doute avait-elle pour partie raison, car une joie peut colorer bien des soucis et faire oublier la misère. Jouir de la minute d'abord, tel était son instinct. Elle avait assez souffert en son enfance pour refuser de sacrifier à quelque thèse une satisfaction offerte, qui était à sa portée.

Puisque Jean semblait se dérober, elle le conquerrait...

Autour des deux enfants qui se regardaient comme dans l'arène antique le rétiaire avec son filet et le mirmillon avec son armure, la nuit campagnarde déroulait son ciel velu d'astres. Des millions de folioles épuraient l'air, la vie minuscule d'innombrables bêtes se répandait violente et cruelle, dans le rut et la faim. Le silence enveloppait la maison comme une protection contre la société humaine, qui n'avait point ici à intervenir entre deux êtres jeunes, libres et ardents. Leur combat synthétisait seulement la lutte universelle, lutte de la jouissance contre le regret, lutte du corps contre l'esprit, lutte des sexes et des volontés.

Lucienne vint, comme par jeu, prendre Jean par les épaules et l'immobilisa sur sa chaise.

— Cousin, vous n'êtes qu'un enfant. Je ferai de vous ce qu'il me plaira.

Méfiant, il repartit :

— C'est beaucoup dire.

La jeune fille rit très haut :

— Voulez-vous parier ?

— Je parie, mais quoi ?

Elle dit :

— Le perdant sera battu par le gagnant.

— Battu, Lucienne ?

— Oui, battu. Vous ne l'avez jamais été ?

— Non, ma foi !

— Eh bien, ce sera un commencement. Moi je le fus souvent, et si vous voulez que ça m'émeuve ou me fasse peur, il faudra taper fort.

— Et si je tape trop fort ?

— Tant pis pour moi.

— Vous en avez des jeux, Lucienne !

— Oui ! j'aime les jeux violents. Y sommes-nous ?

— Mais je ne vois pas en quoi il faut y être.

— Hop !

Elle tira en arrière la chaise de Jean qui se trouva à demi chu. Il ne pouvait plus bouger. Si Lucienne le lâchait il tomberait sur les reins. De fait il était pris.

— Ah ! ah ! Vous ne pouvez pas le nier. Si je lâche vous ramassez une belle pelle. Si vous bougez, je lâche...

Jean allait dire : je vais me faire mal ; mais une honte virile le retint. Il sentit qu'il lui faudrait tout à l'heure prouver à Lucienne que lui aussi...

Car il allait devenir urgent de racheter cette aventure ridicule, et Lucienne le savait bien...

— Je lâche ?

— Lâchez, Lucienne !

Elle pencha la chaise un peu plus.

— Attention !

Brusque, elle l'amena au sol, et Jean se trouva couché sur le dos. Elle éclata de rire, puis, d'un geste moqueur, passa devant lui pour mieux le regarder.

Alors Jean, sans prendre idée que ce jeu fût une provocation à des contacts intimes et sans doute excessifs, attrapa la jeune fille par les jambes. Elle chancela.

— Ah ! ce n'est pas de jeu !

Il ne voulait que la faire trébucher, mais elle tenta violemment de se dégager et vacilla encore puis, juste comme elle libérait un de ses pieds de l'étreinte du jeune homme, elle tomba enfin.

La chute de Lucienne fut toutefois un lent écroulement, à l'occasion duquel elle ne pouvait se blesser. A demi-couchée sur lui, elle riait de toutes ses forces.

— On ne fait pas tomber une femme comme ça, voyons. Ce n'est pas correct !

Jean riposta :

— Qu'est-ce que la correction vient faire ici ?

Il étreignait Lucienne de ses bras nerveusement fermés.

— Lucienne, vous avez cru m'avoir et c'est moi qui vous ai.

— Oh ! je suis encore sur vous. Vous touchez des épaules comme dans la lutte.

— Eh bien ce sera à votre tour de toucher.

— Ah mais non !

Elle se défendit. Jean, qui croyait n'avoir qu'à pousser pour la faire rouler, sentit qu'il avait au-dessus de lui un corps aussi vigoureux, ou presque, que le sien. Frêle et légère, Lucienne n'en était pas moins très robuste. Genoux écartés, accotée aux épaules de son cousin étendu, elle annulait tous les efforts devinés. La chaise meurtrissait les reins du jeune homme.

D'abord il voulut vaincre sa cousine sans se déranger. Il s'arc-boutait en prenant bien précaution de ne le faire sur aucune partie du corps de Lucienne où le contact aurait été un attouchement. Elle en profita, l'immobilisant toujours sans cesser de rire, et cela mit le jeune homme en colère.

A certain moment il sentit sa maîtrise de volonté disparaître. Il devenait un vaincu qui veut se tirer par n'importe quelle traîtrise d'une situation d'autant plus humiliante que le vainqueur est une femme.

Il empoigna le torse de Lucienne pour la basculer. Fermement assise sur lui, elle se maintint. Il la prit aux aisselles sans plus de succès et tenta enfin de la soulever en plaçant une main dans le dos et l'autre sur la poitrine.

Il tint un des deux seins érigés et en sentit nettement la courbe, la ferme attache, la dureté et la pointe tendue. Ce contact lui fut à la fois odieux et irritant. Il y renonça, puis y revint. Mais il fallait se sortir de cette posture burlesque et ridicule, il fit un effort violent.

Le sein plia sous sa poussée et sa main épousa sans qu'il le voulût la voussure voluptueuse. Il sentit comme un frisson chez la jeune fille, mais elle ne céda point, et, pour mieux résister, se tassa encore, crispée comme un fauve qui ne veut pas renoncer à sa prise.

— Ah ! Lucienne, je vous renverserai bien, allez !

— En attendant, c'est moi qui vous tiens depuis cinq minutes.

Alors il ne sut quel instinct le poussa. Il ne sut et n'osa point s'interroger tant la honte l'étreignit en même temps que le geste s'accomplissait. Une force secrète, force de mâle dont cent mille générations ont inscrit dans le cerveau, avec les réflexes de défense, certains

réflexes d'attaque, la volonté cachée qui ne
connaît plus d'hésitation ni de doute ni d'inhi-
bitions sitôt que le mouvement est commencé,
tout dirigea mathématiquement les mains de
Jean.

Une d'elles se vint poser sur les lombes,
très bas, et l'autre attaque d'un contact précis
et audacieux le poste de commandement physiologique de la féminité.

Lucienne eut un geste foudroyé. Sa bouche
s'ouvrit sans qu'aucun bruit en sortît. Jean vit
les yeux de sa cousine se fermer, puis d'une
détente, se rouvrir. On eût dit que la forme des
iris eût changé en ce court moment. Une épouvante s'y mêlait à l'appel violent du désir.
Alors les hanches de la jeune fille oscillèrent et
un tremblement fit vibrer ses épaules molles.

— Non... Jean... non...

Elle articula ces trois mots avec une peine
infinie et peut-être sans y croire. Puis elle
abandonna son corps qui s'étendit comme un
flot. Emerveillé et ahuri par le résultat puissant
d'un acte sans calcul, lui se congestionna en
une confusion allègre et douloureuse.

— Jean...

— Lucienne ? dit-il avec tendresse et sans
bouger.

Alors elle se releva d'un geste ardent et
convulsif. Son visage avait une telle expres-

sion de colère alanguie et illuminée qu'il la
suivit, muet et plein de crainte devant une
contingence sur laquelle il se sentait sans prise
aucune désormais.

Elle l'accola avec une brutalité inconsciente.

— Jean, je t'aime !...

Le baiser revint à lui. Mais un baiser si prenant et féroce qu'il en connut d'un coup la
répercussion locale, et toute la puissance d'un
rut animal passa dans ses muscles brusquement
tendus pour il ne sut quelle offensive, au besoin
criminelle.

Poussé par un instinct profond et mécanique,
il prit le torse mince et l'écrasa sur sa poitrine
comme s'il eût voulu tuer.

Lucienne râla :

— Oui... oui...

En même temps, d'un fléchissement de l'arc
vertébral, elle adhérait à lui avec une telle
force qu'il crut percevoir son corps comme avec
la main on perçoit la forme d'un fruit.

Ils se tenaient debout, étroitement enlacés.
Jean sentit avec émotion que ses jambes tremblaient comme celles d'une bête épuisée.

— Jean, serre-moi !

Il serra le corps collé à son corps. Il lui
parut qu'il s'y consubstanciait, qu'une force
solaire compénétrait sa chair et celle de sa
cousine.

Des hanches aux genoux, Lucienne, agitée d'un mouvement flexueux, le frôlait avec une lente douceur. Jean Dué sut enfin que quelque chose craquait de son être social, fruit de cinq cents ans d'hérédités éduquées. Un mâle brutal et despote affirmait en lui une exclusive volonté animale. Par un étrange phénomène de conscience, il aima subitement ce moi nouveau comme un frère chéri retrouvé après l'avoir cru perdu.

Les deux enfants reculèrent vers le lit que ni l'un ni l'autre ne voyait.

Lucienne avait cessé de tenir les lèvres de Jean entre les siennes. Elle le baisait sur les yeux à petits coups brefs et lancinants. Lui, le regard clos, avait perdu tout contact avec les étages supérieurs de sa pensée, mais il se reconnaissait en ce Jean Dué enflammé et ardent tenant un corps féminin comme une proie, et qui, en ce moment, aggravait de cette emprise une fièvre d'amour capable d'emplir le monde...

Ils touchaient le bord du lit. Lucienne, qui avait tourné sur soi en reculant heurta le bois de son genou gauche. Elle se laissa tomber et Jean accompagna sa chute sans desserrer son étreinte.

Alors comme un flot de sang efface une blessure, une violente poussée de son inconscient emporta chez le jeune homme le reste de sa force d'arrêt psychique. Il se sentit un jouet entre les mains de la déesse qui conjoint les êtres et à laquelle Titus Lucrecius Carus offrit, voici vingt siècles, son poème. Hors toute science volontaire et mû par un savoir brusquement révélé des mystères physiques de l'amour, Jean étendit la main vers un contact qui éréthisait tout son être. Tout à l'heure il l'avait connu à travers la jupe. Cette fois il fut sur la chair. Une horripilation douce et tragique le poignait. Il reste un instant comme un avare qui n'ose toucher à son trésor. Mais, avec des plaintes de tendresse affolée, Lucienne bégayait son désir. Au seul mouvement qu'il fit, il s'aperçut que la jeune fille était maintenant entre ses doigts comme un petit oisillon dont la vie et la mort dépendent d'une flexion des phalangines. Elle était devenue un vibrant appel, un vertige doux et attirant auquel on ne saurait résister. Jean, à son tour, posa sur les belles lèvres sa bouche enflammée et gonflée dont il eût aimé que la chair turgide crevât pour désaltérer une soif ardente de sang chaud et épais. Elle gémit. Maintenait il la tenait presque sous lui, raide et tendue comme un arc.

— Jean !

La voix était lointaine et semblait un appel irrésistible de sirène.

— Jean !

Ce monosyllabe répété paraissait une litanie dont l'adolescente tirât une sorte de force sacrée et mystique. Elle le redit :

— Jean !

Elle eut un hoquet d'attente angoissée. Elle montrait les muqueuses de sa bouche ouverte. Lui s'abolissait en un délire inconnu et farouche. Un liquide insupportablement chaud, coulant dans ses artères, frottait de flamme les tuniques séreuses de son cœur.

— Lucienne !

Il sentait un besoin terrible d'immobilité. On eût dit que sa vie même se fît minérale. Et d'un coup un autre désir, plus véhément et plus désespéré, domina tout son être. Celui de s'efforcer comme s'il gravissait éperdument une pente roide. Son souffle s'alentit puis son cœur s'agita. Avec une souplesse féline, faite autant de savoir pressenti que d'intuition éduquée, Lucienne avait dérobé son bras droit comme un serpent mal dompté...

Jean sut à ce moment que leur étreinte devenait profonde et totale. Une détente galvanique brisa le rythme de sa vie. Une bête aux dents aiguës parut lui mordre la nuque. La douleur s'étendit, se transforma, devint une joie sirupeuse et amère. Il prit deux secondes connaissance d'un jeu complexe de contractions et de clapets, de valvules et de vaisseaux minces, qu'un miracle avait rendus, au fond de son corps, sensibles comme les chairs de la bouche. Cette sensation atteignit une acuité d'agonie puis s'atténua. Alors, une sorte de renoncement détendit tous ses muscles, et le sens d'une défaite atroce le conquit d'un coup.

Jean Dué venait d'apprendre l'Amour.

CHAPITRE V

Le vainqueur

Et vos serments ? me répondit-elle en
se levant. — J'étais un mortel quand je
les fis. Vous m'avez fait un dieu... —
Venez, me dit-elle alors. L'ombre du
mystère doit cacher ma faiblesse...
Venez...

Vivant-Denon, *Point de Lendemain.*

Jean Dué revenait au long des chemins
familiers vers la demeure paternelle. Il songeait, hébété encore du changement réalisé
depuis une heure en lui. Sa rigidité native de
caractère ne cessait pas de s'exercer. Toutefois prenait-elle une forme inattendue. Il était
maintenant l'amant de sa cousine Lucienne.
Il avait donc conçu pour elle un sentiment
nouveau, où la reconnaissance et le besoin de
protection prenaient une valeur supérieure
à tous les devoirs. Il avait même fait peur à
sa cousine en lui exposant ses idées dès leur

naissance. Habitué par l'entraînement des études à trouver dans tout système de pensées
un principe directeur et une organisation hiérar-
chique, il n'hésitait plus à théoriser son désir.
Lucienne lui semblait devenue son épouse et il
eût volontiers proclamé le fait à son de tambour.

La jeune fille eut un mal infini à lui prouver
que de telles visées allaient droit contre le vrai
but que tous deux, admis leur amour, devaient
se proposer désormais. .

Il s'était mal laissé convaincre. Mais la lassitude agissait sur son esprit défait. Il finit par
consentir à rentrer chez lui comme si nulle
chose ne s'était passée.

Rien d'abord ne lui avait paru plus vil que
cette façon sournoise d'envisager la vie, car
Jean brûlait de manifester son amour, comme
un dévot, de conversion récente, étale agressi-
vement sa nouvelle religion.

Mais Lucienne Dué, parfaitement équilibrée,
et devinant avec rigueur le groupe d'actes
devenus utiles pour elle dans la circonstance,
voulait profiter de l'aventure et non point
s'y sacrifier. Tandis que le jeune homme voyait
fermenter en lui, sous l'empire de l'émoi
sexuel, toutes les littératures sentimentales et
violentes dont sa jeunesse était gavée, elle
méditait avec une pratique acuité. Certes la
pudeur de son cousin et cette fièvre dont il se

prouvait animé lui étaient, à elle aussi, un fort aphrodisiaque. Mais la femme sait qu'il y a temps pour le plaisir et temps pour les calculs ménagers. Elle ne confondait point les paroles que la volupté arrache, et dont la sincérité est brève, avec celles qu'on prononce pour vendre ou acheter, et dont la valeur se monnaye toujours. Son plan fut vite fait. Il était fruste mais non point sciemment méchant. Lucienne non plus ne connaissait pas avec rigueur les ordres de morale publique et les organisations sociales.

Elle voulait partir pour Paris. Paris lui semblait — à juste titre au demeurant — le seul refuge d'une jeune fille fuyant sa famille et propre, pas sa grâce et son esprit, à se bâtir, en marge, un petit destin acceptable. Mais encore fallait-il de l'argent...

Or, à qui en eût-elle demandé, sinon à son cousin ?

Ainsi s'enchaînait son raisonnement. Mais elle savait que tout ici-bas change de valeur apparente selon l'adresse avec laquelle on accole des mots convenables. Elle s'efforçait donc de guider délicatement son cousin sur la voie désirée.

Ce n'était pas difficile. Jean subissait le contre-coup de sa propre stupeur, née soudain en voyant le mensonge de toutes les paroles enseignées. Il aurait cru naguère que la posses-

sion de sa cousine dût l'emplir de honte et de
remords. Il constatait en ce moment le contraire.
Son allégresse était certaine en effet, et la plénitude de son bonheur physique évidente, aggra-
vée même par une sorte de prostration.

Alors, que pouvait-il désirer de plus que renouveler indéfiniment ces minutes magnifiques et
délicates ?

Voilà pourquoi il avait d'abord dit : « Je
pars pour Paris avec toi ! » Lucienne lui prouva
avec soin et prudence que le mieux serait d'y
venir seulement lorsqu'elle se trouverait ins-
tallée tout à fait.

Mais le problème financier ?

Dès qu'elle affronta cette question entre
toutes ingrate, il dit : « Je vais prendre cinquante mille francs dans le coffre de mon père. »

Elle sentit le danger de ce plan violent. Inter-
rogeant finement son cousin elle acquit toutefois la certitude que Jean pût emporter une
somme relativement importante, quoique moindre, sans qu'on s'en aperçût immédiatement
chez lui.

M. Dué n'était pas avare et il avait confiance
en son fils. Il laissait donc toutes les clefs dans
son propre bureau et comptait rarement son
argent. On pourrait prendre dix mille francs des
deux cent cinquante mille que Jean savait

rangés par liasses sur le rayon le plus élevé du coffre.

Lucienne songea qu'avec dix mille francs elle ferait déjà bonne figure à Paris. Elle verrait d'ailleurs à se faire envoyer d'autres fonds plus tard. Jean lui avait dit devoir toucher à sa majorité — dans quatre ans — un héritage de cent mille francs. Elle se gardait de l'oublier. Si son art lui faisait réserver jusque-là ce cousin toujours amoureux, sa chance restait belle — sauf au cas où elle eût déjà fait fortune à Paris — d'être alors la véritable héritière...

Elle combinait tout cela en parlant avec Jean, devenu fiévreux et perdu dans une sorte de délire mystique. Combien faudrait-il de temps pour faire la saignée espérée à la fortune des Dué ? Lui disait pouvoir rapporter le trésor le soir même. La jeune fille trouvait bien cette hâte et cet enthousiasme trop prompts. Elle pensait qu'un peu plus de froideur calculée fût meilleur précurseur de réussites utiles. Mais elle ne détournait point Jean pour si peu. Lui se croyait déjà une sorte de héros d'amour, comme on en voit dans les livres. Il avait lu *Le Père Goriot*. Il ferait par amour d'amant plus que n'avait fait le héros balzacien par amour paternel.

Mais il leur fallait maintenant se séparer. Le temps passait. Lucienne réveilla son cousin et lui démontra la nécessité de regagner la ville. Comme, à ce moment-là, il se sentait subitement ardent et désireux de renouveler sa douce et chère pâmoison, elle lui promit :

— Ce soir ! ce soir !...

Il ne sut résister, se laissa mener jusqu'à la porte et partit. Il ruminait au long des chemins cet amour qui brûlait tout son passé comme un incendie détruit un immeuble cacochyme. Mais il allait reconstruire à la place une vie admirable. Bachelier, licencié en droit, avocat... Qu'est-ce que tout cela lui faisait maintenant ? Il se sentait, comme simple amoureux, du courage à faire trembler le monde. Il serait tout ce qu'il lui plairait d'être. Un homme d'énergie ne devait jamais manquer de réussir. Il ne voulait plus étudier, pour ne pas humilier Lucienne. Elle était sans culture et lui ne pousserait pas l'indélicatesse jusqu'à augmenter encore le fossé qui les séparait. Pour s'encourager à prendre l'argent dans le coffre de son père, Jean pensait que M. Dué pût se rembourser avec les fonds de l'héritage que son fils devait toucher à sa majorité. Il n'avait donc plus de raisons morales pour s'interdire cet acte, qui, la veille, lui aurait procuré, rien qu'à l'imaginer, une insurmontable horreur.

Dans son esprit désaxé passaient encore pêle-mêle un flot de rêves romanesques et de désirs précis. Il se voyait à Paris. Tout le monde brûlait de le servir parce qu'il était intelligent, dévoué, fidèle et juste. Et puis il avait une si jolie maîtresse ! On ne saurait rien refuser à l'amant d'une femme aussi exquise.... Il évoquait la stupeur ahurie et admirative de ses camarades disant : « Dué est parti avec sa cousine... »

Il ne doutait pas de soi et se croyait désormais en mesure de conquérir la ville capitale. Que ne ferait-on pas, ayant possédé Lucienne Dué, pour renouveler indéfiniment un tel bonheur ?

A ce souvenir, une flamme coulait dans ses artères. Il se retrouvait le mâle ardent qui ploie et possède la nymphe fugace dans tant de poèmes antiques et s'arrêtait aussitôt, en disant :

« Je ne puis la quitter comme cela. Il faut que j'y retourne... »

Mais il revoyait le sourire de Lucienne lorsqu'elle l'avait quitté en lui baisant le front : « Ce soir ! » Oui, ce soir. Il serait ce soir celui qui aime et qui sait aimer au delà des forces humaines...

Le levant commençait à se teinter de grisaille. Sous l'horizon, là-bas, le soleil répandait sa lumière. La campagne se dessinait maintenant, vulgaire et sournoise, dans ses chemins,

emplis par les flaques de fiente ou de boue
piétinée, et ravinés de profondes ornières où
moisissait une eau sale. Au loin, les maison-
nettes aperçues avaient l'air étrangement misé-
rable. Jean en imaginait la malpropreté hideuse
avec l'odeur de purin qui les entoure. La vie
lui apparaissait désormais ignoble et triste en
cette ville, et partout autour d'elle.

Ah ! Paris...

Paris avec Lucienne Dué, qui serait à la fois
une divinité vivante, un alcool, un perpétuel
désir et la justification de sa vie même.

Malgré la fatigue qui lui tirait les jarrets et
lui affaissait l'échine, Jean était radieux et
alacre. Il se sentait devenir un héros...

. . . .

Les ruelles vieillottes par lesquelles le jeune
homme regagna sa demeure l'écœurèrent. Il
avait aimé longtemps ce pittoresque de petite
cité provinciale, ces gîtes à encorbellement,
vétustes et croulants, ces venelles tortueuses
et bordées de murs qui avaient vu cinq siècles
d'histoire. Maintenant il songeait exclusivement
aux vastes voies parisiennes, que des autos
ronflantes emplissent de leurs borborygmes.
Il se disait même, si Paris lui devenait ingrat,
que New-York, avec ses cinq ou six millions
d'habitants, ferait une auréole à Lucienne Dué.

Il ne rencontra personne en ce retour tardif.

Le jour commençait de poindre lorsque avec précaution Jean Dué entr'ouvrit la porte de sa maison. Il monta l'escalier avec lenteur.

Lorsqu'il fut enfin dans sa chambre, il regarda son lit comme s'il ne l'avait jamais vu. Soudain, il se souvint que quarante-huit heures plus tôt Lucienne s'était couchée dedans. Alors il se dévêtit hâtivement pour retrouver l'image du corps chéri.

D'abord il ne put s'endormir. Une hallucination trop précise le crispait. Mais cette hallucination, à force de se prolonger, devint hypnotique et il sombra dans un sommeil agité et tumultueux.

. . . .

A huit heures moins vingt Jean Dué s'éveilla. On frappait à sa porte. Il cria :

— Ça va ! j'y vais !

D'un bond il sauta à terre et s'habilla. C'était trop tard pour passer sous la douche. Il aurait pourtant eu grand besoin de se tremper un peu. Il avait la bouche amère et râpeuse. Comment se fait-il que l'amour vous donne si mauvaise bouche ? Il se hâta. En bas il dévora hâtivement son chocolat et se précipita aussitôt vers le lycée. Ses parents n'étaient pas encore levés et cela lui plut. Quand il reviendrait du lycée, toutes traces de sa nuit seraient effacées.

La matinée fut pour lui ténébreuse et vide. La fatigue, cette fois, était maîtresse de son corps. Il lutta avec une énergie féroce contre le sommeil qui lui abaissait la tête vers les feuillets où il écrivait sur Jean-Jacques Rousseau. Le professeur, par chance, était un faiseur de cours. Il parlait, de huit à dix heures, et les jeunes gens devaient simplement prendre des notes. Le dos courbé, faisant semblant de suivre de près l'éloquence professorale, Jean fermait les yeux et se laissait aller dans une ombre douce et muette. Mais, brusquement, son front penchait en avant et il s'éveillait, horrifié.

Les deux heures passèrent sans plus d'accrocs. A la sortie un de ses camarades lui dit :

— Qu'est-ce que tu as fait, Dué, cette nuit ?

Jean le regarda avec un air menaçant.

— Quoi ! on dirait que je te demande de coucher avec ta femme ?

Jean devint plus rogue.

— Cette nuit, j'ai fait ce qui m'a plu.

— Hé ben, mon vieux, dis-lui, à celle qui t'a plu, qu'elle prenne plus de précautions. Elle t'a démoli tout à fait. Tu parais déterré.

Jean haussa les épaules.

— Veux-tu faire un peu de boxe ?

— Non, merci. Dis donc, est-ce que cette Alphonsine Dué qui fait... enfin : qui fait le truc, est de tes parentes ?

— Mais non, mon vieux.

— Tu la connais ?

— Oui, elle m'a accosté l'autre jour comme je me promenais.

— De jour ?

— De nuit !

— Elle est bien. Mais j'aimerais mieux l'autre Dué, tu ne la connais peut-être pas, cette jolie gosse qui se nomme Lucienne ?

Jean haussa les épaules.

— Tu me dégoûtes.

Il rentra mécontent de soi. L'air dissipait son besoin de sommeil, mais une fois dans sa chambre, il le retrouva. Il n'osait se coucher sur son lit fait et somnola avec peine et ennui sur un fauteuil.

Le repas fut morne, personne ne fit au jeune homme d'observations, comme il le craignait, sur sa mine. D'ailleurs il y avait des invités, deux parents d'une ville voisine. Après déjeuner, jusqu'à deux heures, ce fut de nouveau la somnolence dans sa chambre close, puis le cours vespéral.

A quatre heures, se sentant toujours plus las, Jean alla se promener un peu au bord de l'eau. Il revit le spectacle qui l'avait charmé l'avant-veille. La nature perdait sous la grande lumière solaire son mystère et sa douceur nocturnes. Pourtant la rivière coulait un flot argenté entre deux rives d'un vert cru et délicat. Au loin, les prairies s'étendaient avec leurs clôtures d'une couleur noirâtre, où les arbres élançaient parfois des tiges étamées terminées par des houppes feuillues. Des pêcheurs, sur des bateaux amarrés en plein courant faisaient des silhouettes hiératiques. On voyait en un geste lent et majestueux les bras lancer la grande gaule au bout de laquelle filait un mince rayon blanc.

De temps à autre le bras soulevait le fil et tendait l'extrémité du bambou, qui inscrivait dans l'air calme une hyperbole parfaite. Puis une masse frétillante et étincelante s'agitait au soleil, un poisson vaincu par l'homme.

Jean songea que les êtres sont tous, devant des forces qui les dominent, comme ce poisson devant le pêcheur. Et entre tant de forces despotiques et invincibles... l'amour...

Il voyait le corps nu de Lucienne telle qu'elle était sortie de son lit le dimanche précédent, à la venue d'Angèle. Un trouble cuisant et délicieux coulait en lui. Il songeait : « Ce soir... »

Il rentra enfin. Maintenant allait commencer la chose terrible : l'attaque du coffre de son père.

Lorsqu'il y pensa, Jean sentit encore au fond de lui-même un frisson épouvanté ; mais un frisson timide et minime, vaincu d'avance.

L'heure du dîner vint. Jean se découvrit un appétit d'ogre, étrangement mélangé avec une vague et pénible migraine. Il parla peu. M. Dué était particulièrement anxieux de savoir si les machines agricoles qu'on attendait pour sa grande propriété seraient pratiques et si les domestiques de ferme sauraient en tirer parti. Cette préoccupation seule fit le sujet de la conversation. Mme Dué partageait les soucis de son mari. Une vanité particulière s'ajoutait à son tourment, car un autre Dué avait acheté trois cents hectares de terres à vingt kilomètres de là. Or, lui aussi allait faire de la culture industrielle. Il s'agissait de ne point lui être inférieur, d'autant qu'il avait passé quelques mois dans une propriété beauceronne, chez son gendre, où des résultats extraordinaires étaient obtenus. L'honneur des Dué les plus anciens de la branche aînée était engagé...

Jean sortit sitôt le dîner clos pour ne rentrer qu'après le coucher de ses parents. Il serait mieux à l'aise pour... Sitôt dehors il alla dans un mastroquet inconnu, et, à la terrasse obscure, désirant qu'on ne sût point qui il était, but coup sur coup trois verres de rhum...

CHAPITRE VI

Le vaincu

Il y a toujours dans la chute assez de part de notre volonté, assez d'intervention coupable et sourde et d'ailleurs assez d'iniquités anciennes et originelles.

SAINTE-BEUVE, *Volupté*.

Jean s'assit sur une marche d'escalier. Une gêne insupportable lui serrait le torse et rendait son souffle atrocement pénible. Il eût voulu s'étendre là, tel un soldat qui renonce, et pour qui toute terre devient un lit. Mais en lui veillait une ardeur obstinée et tenace. Elle le relança comme le fouet redresse l'esclave défaillant. Il se remit debout.

Une envie atroce, féroce et maladive de fuir lui crispait les moelles. Il lui semblait que toutes les forces de son être renaîtraient dans la fuite. Lorsqu'il aurait dit « Va » à son corps, il ne connaîtrait plus en soi de limites de force ou de promptitude. Il partirait comme les héros de

ces contes où les gens portent des bottes de
sept lieues...

Là-bas, il retrouverait...

Une image demie-nue se présenta devant son
regard. Elle avait une telle réalité que Jean
aurait cru pouvoir la toucher, dans cet escalier
de la maison des Dué où il méditait le plus tragique et le dernier acte de sa passion.

Le fantôme disparut. Jean se retrouva debout,
le dos appuyé à la pierre nue du couloir. Le
sang bondait les artères de son visage et ses
mains tremblaient comme si un crime était en
elles, prêt à sortir.

Il aspira l'air d'une halenée désespérée. Un
mur fermait ses poumons. Il resta trois secondes
la bouche ouverte, appelant farouchement l'air
qui se dérobait.

Fuir ou se coucher là... Les deux impulsions
luttaient en sa pensée comme deux êtres. Il
était aussi le témoin épouvanté de cette
bataille qui réglerait son destin.

Fuir...

Il posa les mains à plat sur la rampe de
chêne qui gravissait les étages avec la spire
massive de l'escalier. La sensation froide et
indifférente l'agaça étrangement.

Cependant il sentait ses jarrets, comme
deux moteurs en mouvement, trembler sous
son corps. Ses muscles se détendaient à

vide, rythmiquement. S'il se laissait emporter, ses jambes agiraient seules. Il revit soudain, matérialisée une seconde dans les ténèbres,
Lucienne Dué, sa cousine, qui en ce moment
l'attendait, et s'offrait, là-bas, à lui...

Il voulut immobiliser la chère image : un
corps mince, souple et délicat, qui se dévêtait
avec un sourire pareil à une aube, et devant
lequel il se mettait à genoux dans un délire
affolé et mystique. Devenait-il fou ?

La question se posa hors de la conscience et
vint jusqu'au seuil de la pensée motrice.
Un instant Jean Dué sentit son esprit osciller
sur un coupant de rasoir. D'un côté la démence,
de l'autre... Mais n'était-ce pas la pire folie que
de renoncer une minute de plus à ce corps
espéré, ouvert là-bas sur le lit, témoin de
l'entrée d'un jeune garçon parmi les hommes.

Renoncer ?... Ce mot tendit en lui toutes
les forces de l'être. Quelque chose craquait
pourtant encore en son âme. Un fil résistant
que ses efforts passionnés avaient détruit toron
à toron. Il sut ce que ce fil retenait lorsque
enfin ses jambes agirent seules et le menèrent
vers la porte, vers la rue, vers la route, vers
Lucienne Dué. La haute conscience des Dué
venait de mourir en lui...

Lucienne avait dit : ce soir...

Comme un ressort se débande, Jean Dué

se mut vers le dehors. Il resta une demi-minute devant l'huis qui une fois franchi ne se rouvrirait peut-être plus pour lui. Les dés tournaient. Il ne pourrait plus, malgré tous les conseils, revenir en ce lieu après ce qu'il avait fait... Les dés se fixèrent. La mâchoire bloquée comme une porte de prison, il ouvrit avec précaution, sortit et referma.

Maintenant le monde s'étendait devant lui, déroulé sans confins avec ses terres, ses humains et ses climats innombrables. Il pensa sortir d'une geôle et que l'infini venait à lui comme une femme. Au pas de sa marche il entendait crisser au fond de sa poche les dix billets de mille francs volés à l'instant dans le coffre de son père.

L'air du dehors dissipa d'un coup son épouvante, et la lutte cachée que menaient au fond de sa conscience les deux forces de son esprit. Son pas devint ferme et il leva la tête vers le ciel irisé.

. . . .

À quoi bon s'en aller maintenant en lièvre craintif et effarouché ? Jean n'est plus ce qu'il était tout à l'heure. Maintenant c'est un homme, débarrassé de tous préjugés et de toutes craintes sociales, qui gagne les sommets de l'individualisme où il regardera vivre les êtres. Rien ne l'émeut plus, rien ne saurait toucher son cœur devenu de pierre. Jean Dué ressemble à ces aventuriers qui jadis conquirent la terre parce qu'ils savaient vouloir et commander. Il grandit jusqu'au zénith le sentiment de sa puissance. On dirait que le monde fait la haie pour le regarder courir la grande course de vie. Il est fort, il est assuré du lendemain. Rien ne saurait plus l'étonner, et nul rêve n'est assez lointain et immarcescible pour décourager cette force élémentaire qui gronde en lui.

.   .   .   .

Il a volé.

A-t-il volé vraiment ?

Une demi-seconde, la vision d'un gouffre l'arrête comme s'il allait tomber... tomber dans une ténèbre atroce et maudite.

Mais c'est fini. Le seul lancinement d'une fibre musculaire trop rigide et qui avertit de la fatigue imminente.

Il reprend sa route, les jambes fermes, souples et rapides.

Là-bas, Lucienne l'attend.

Lucienne, ce n'est plus une femme ou une maîtresse pour ce jeune homme ardent et impulsif. C'est ce que la destinée peut offrir de plus beau aux êtres qu'elle aime et choisit. Lucienne c'est la forme vivante de toute félicité.

Brusque, comme un cinglement de fouet qui

arrache d'abord un cri de douleur et ensuite caresse délicatement la chair meurtrie, Jean retrouve exact et parfait le frisson qui la veille, ou plutôt le matin même, lui a révélé l'amour.

Ses jambes fléchissent, il lui faut s'accoter, avec un frisson crispant ses doigts clos.

Une idée lui vient aussitôt :

« Elle pense à moi. L'amour se transmet comme la foudre. Son désir est si ardent qu'il me posséde de loin comme un corps. » Jean gravit ainsi jusqu'aux cimes du mysticisme qui ne connaît presque plus rien aux choses de la terre. Il va maintenant, d'un pas instinctif. Quelque secret mécanisme, sorti de la conscience claire, lui fait seul choisir les chemins qu'il faut.

. . . .

C'est la campagne maintenant. La lune n'est pas encore levée, mais elle colore déjà un large pan de l'horizon. Le ciel est couvert de nuages lourds. Au loin, des bruits de voiture font grincer la chaussée fraîchement empierrée. Le métal des roues pousse une plainte fine et les essieux donnent comme un sanglot.

Jean Dué !...

On dirait qu'une voix vient de prononcer ce nom, hautement. Le jeune homme, l'échine glaciale, s'arrête.

La nuit est muette. Les bruits s'éloignent.

Un chien aboie. Quelque oiseau se plaint en l'air avec un cri hoquetant.

Un nouveau frisson repasse dans la moelle de Jean.

On dirait vraiment son nom. Mais où ?

C'est en lui, c'est la force héréditaire, vaincue et agonisante, la force qui fit l'honnêteté et la loyauté d'innombrables Dué. Elle tente encore d'éveiller la conscience de l'adolescent.

Des rainettes jettent leur cri lent et harmonieux, un crapaud laisse flotter sa note de hautbois. Le nord est maintenant couleur de perle rose. Des peupliers découpent très loin et très haut d'exquis croquis noirs sur un nuage boursouflé et violet.

Jean se remet à marcher.

La route se déroule sous ses pas comme un chemin de cauchemar. Il croyait tout à l'heure que sa fuite aurait le caractère d'un départ de courses d'auto. Mais maintenant il se sent retenu sur la glèbe qui colle à ses chaussures et il ne franchit que pas à pas cet espace qu'il avait cru dévorer d'un souffle.

Pourtant il avance. C'est derrière ce petit vallon, là-bas, sur la pente, que se trouve la maison où Lucienne l'attend. Elle a dit : « Ce soir. »

Il sait bien ce que voulait dire « ce soir », mais il lui plaît de tourner autour de ces mots pour leur imposer une valeur symbolique.

L'amour, qu'il a connu ce matin, l'attend comme une fiancée.

. . . .

Il ne cherche point à se figurer précisément cet amour, mais un flot d'images surgit de sa mémoire trouble et vient s'enter sur sa rêverie.

Les autres lycéens ont mille fois montré à Jean des photographies obscènes. C'est un négoce normal dans l'Etat. Il a vu ces petites cartes d'échantillons où figurent vingt aspects de la conjonction des sexes.On regarde cela furtivement et de près car c'est très fin et si curieux...

Il n'avait pas songé à ces choses jusqu'ici, car une force intime refoulait au fond de son inconscient les souvenirs qu'un instinct disait méprisables. Mais en ce moment les barrières sont ouvertes dans cette jeune âme dépouillée de tout. Et Jean ne connaît plus de répugnance à revoir ces images immondes où des malheureux ont cru figurer l'amour.

Dans son imagination déréglée passent alors, en un sabbat fou, mille contorsions sexuelles absurdes et burlesques. Cependant il marche toujours, et ses nerfs lui font mal tant il commande à chaque pas d'être double, triple, décuple, de le rapprocher de la seconde parfaite

où il franchira la porte de sa maison. Il voit le
chose, exactement telle qu'elle sera dans dix
minutes. Rien ne manque à la représentation
mentale. Il ouvre. La lampe est allumée à
gauche du lit sur lequel Lucienne est étendue.
Car où une amante recevrait-elle son amant
sinon sur le lit ? Elle est couverte mais nue et
il lui suffira de prendre une draperie qui la
ceinture pour que le corps apparaisse.

De nouveau, il connaît le frisson qui tout à
l'heure l'immobilisa, les jarrets coupés, dans
une venelle de la ville.

. . . .

À force de lui représenter cette arrivée,
quelque chose s'use pourtant en son pouvoir d'imaginer. Maintenant il a dépassé la
limite de vérité apparente que peut vivre un
homme éveillé. Son cerveau se vide.

Autour de Jean Dué qui va retrouver sa
maîtresse et lui porte les dix mille francs qu'il
a volé à son père, la nature paraît alors, sous
la lune, s'éveiller et s'égayer.

Avec un étonnement involontaire. Jean sent
les perceptions matérielles substituer en lui
les délires délicieux du songe. Il s'arrête encore
une fois, éperdu en son reste de conscience
normale, de divaguer à la fois du corps et de
l'esprit.

La lune est couleur de cuivre. Elle flotte dans

une brume étrange et sans contours. Le vent léger crée des frisselis partout, dans l'herbe et dans les buissons feuillus, dans les arbres et dans l'air même, dont les couches transparentes frottent les unes sur les autres avec une douceur de velours.

Des ombres vagues et énormes font à terre une horde de noirs fantômes. L'odeur végétale, que rehausse la chaleur lourde et la baisse atmosphérique, annonçant la pluie sans doute, atteint l'âcreté cuivreuse d'un arome sexuel.

Une petite mare luit comme de l'or poli au milieu du bruit que répandent les grenouilles furtives et épouvantées. La route devant Jean est droite. Il sait que là-bas, au ras de ce noyer géant qu'il connaît, il sera devant sa porte.

. . . .

Jean avance maintenant avec une sorte de peine. On dirait qu'il a peur.

Il sent sous sa main les billets de banque. En ses organes vit tout un monde de bonheur qu'une caresse de Lucienne fera éclore. Mais un frisson glace soudain son front, comme si on lui avait cerclé le crâne avec une anguille vive.

Devant, à quarante mètres, c'est la maison. Lucienne est là.

Il se connaît pourtant les mains glaciales et les lèvres sèches comme un sarment.

L'aimée est là, à dix pas... dix pas... Mais pourquoi une fulgurante image lui montre-t-elle ces dix pas comme ceux d'un condamné à mort entravé, qui, les yeux fous, regarde venir à lui la guillotine ?

Il a franchi les dix pas.

Une porte à ouvrir encore... une... et il sera elle, elle sera lui...

Un centième de seconde, une force désespérée tente de ramener en sa pensée la belle image, symbole et réalité du bonheur.

Il ouvre.

Devant lui c'est une nuit pleine, un styx.

Sur l'échine de Jean un frisson passe comme le coup d'aile de la mort.

Et c'est aussi le silence, un silence où nulle vie n'a place.

Il a fouillé dans sa poche. Une lampe électrique tremble au bout de son poing.

La pièce est vide.

Jean avance comme tenu par une main. Il arrive à la table où se tient une lampe froide. il y a près d'elle un vaste papier ouvert. Jean Dué regarde d'un œil lointain la feuille et les mots qui la couvrent de jambages capricieux.

Ce sont des mots... des mots...

Jean... Monsieur de Parlisier... voisin... venu me... m'a offert.:. C'est un homme... mon bonheur... toi... trop jeune... ne t'oublie pas... m'en vais avec lui...

. . . .

Le sanglot d'un crapaud montait délicatement dans l'air calme.

A l'est, au cœur d'un halo blond, la lune s'épanouissait au ciel comme une rose...

R. F.

TABLE

Imprimerie CHANTENAY, 15, rue de l'Abbé-Grégoire, Paris. — 25-4-28

A paraître en Octobre 1928

LE SEXE ET LE POIGNARD

(Vie de Jules César)

par

RENÉE DUNAN

Il n'est pas absolument faux qu'un roman doive moraliser. Le tout est de s'entendre sur la morale et de dire comment elle doit s'enseigner. Les milliers d'œuvres pudiques et naïves, à fins morales apparentes, qu'on connait, sont, au vrai, responsables, par la mauvaise éducation qu'elles portent, par les détestables exemples d'acceptation humiliée et béate qu'elles offrent, d'innombrables suicides, désespérances et abandons sans retour. Leur immoralité est certaine.

Car il faut montrer la vie telle qu'elle est, pour apprendre à l'affronter, il faut préparer les volontés et les désirs aux obstacles qu'ils rencontreront, il faut dire, au nom de la morale, la vérité, toute la vérité. C'est là ce qu'on nomme moraliser. Et ce qui est vrai des romans est vrai de l'histoire. Si l'on voulait que les misères du passé fussent épargnées à l'avenir, il faudrait dire d'abord d'où sortent ces misères. Elles n'ont point : guerres, famines, ou révolutions, la « fatalité » comme origine. Elles viennent de volontés humaines et gouvernantes, de rois, ministres ou favorites, de ces hommes qu'enivre la puissance et dont la grandeur méprisante ignore les peuples qu'ils prétendent mener. Depuis peu, on tend, par un nationalisme immoral, à exonérer les dirigeants de leurs crimes passés (dans chaque pays bien entendu) pour nous les présenter, quoiqu'ils aient été lâches, cupides, égoïstes, vils, obscènes et trop souvent imbéciles, comme des hommes animés par les plus nobles désirs — on les admire surtout pour leur vaine gloire. Absurde et mensongère conception de l'histoire, qu'il faut détruire si l'on veut

réellement voir le mot « progrès », et la formule « civilisation »
désigner autre chose que d'ignobles hypocrisies !

Voici une *Vie de César*. Les cuistres, qui ne sont point mieux
informés que l'auteur : Renée Dunan, ont le goût de tous les hommes
de cabinet, des rêveurs ignorant l'action, pour les spectacles mortels,
immondes, de la guerre et des « grandes » conquêtes. Ils ont donc depuis
vingt siècles, divinisé César. Le serf baise les genoux de son maître.
Les historiens français se sont traînés aux pieds de ce politicien qui,
de 55 à 46 avant notre ère, passe pour avoir aussi ravagé leur pays,
coupant les poings aux prisonniers et vendant des millions d'esclaves
pris parmi les paisibles ruraux gaulois...

Ce livre réagit contre tant d'humilité pédantesque. Il ne hait pas
César. César est un fait du passé. Il faut l'admettre. L'homme fut certainement différent d'ailleurs des images qu'on en donne. Meilleur,
probablement, c'est-à-dire moins soucieux de vanité pure, de cette
vanité qu'on estime chez nous, avant toutes choses, et qui s'incarne
en Napoléon. Il semble à Renée Dunan moins guerrier aussi et plus
humain qu'on ne l'a dit. Homme, certes, avec des tares d'homme qui
lutte et choit souvent. Mais jouisseur lascif, aimant encore à s'entourer d'amis aux opinions, dirait-on aujourd'hui, socialistes, comme
cet étrange Dolabella qui préfigure Lenine. En cela, César s'atteste
autre que les grands conquérants gangrenés d'orgueil. La vie seule
le poussait, sans doute, dans un désordre social identique au nôtre, à
se saisir de tous les rouages de l'Etat. Il ne semble point à Renée
Dunan que ce fut par besoin vain de gloire populaire. C'est justement
pourquoi *Le Sexe et le Poignard*, qui prétend bien comprendre la vie
romaine à l'époque où la République allait disparaître, est un livre
d'actualité. On sait qu'en Italie Mussolini se prétend une sorte de
réincarnation de César. Partout les doublures de César abondent.
Une vie de César que nous montre comment s'impose et évolue ce
genre d'hommes était donc en quelque sorte nécessaire. La voici !
Il reste, quand on a lu le roman vécu de ce voluptueux et ambitieux
chef..., à se demander si nous le verrons renaître, s'il sera pire, et
si les lendemains que préparent les Césars méritent l'estime dont on
les entoure. Il faut aussi songer que même pour César l'avenir reste
mystérieux. Il ne sut pas où il allait...

Savons-nous où nous allons ?

Le livre de Renée Dunan semble répondre à ces questions.

<hr>

Un volume in-16   ...   .   Prix   12 fr.

OUVRAGES DE LUXE

LES FORTIFS

PROMENADES SUR LES ANCIENNES
FORTIFICATIONS DE LA ZONE

40 LITHOGRAPHIES DE
SERGE-HENRI MOREAU
TEXTE DE ANDRÉ WARNOD

HONORÉ D'UNE SOUSCRIPTION
DE LA VILLE DE PARIS

Exemplaires sur Japon numérotés de 1 à 12, paraphés par l'auteur et l'artiste, comprenant : 1° un des dessins originaux ayant servi à l'illustration de l'album ; 2° le frontispice aquarellé par l'artiste... ... ...   650 fr.

Exemplaires sur Madagascar numérotés de 13 à 38, paraphés par l'auteur et l'artiste, comprenant : 1° un des dessins originaux ayant servi à l'illustration de l'album ; 2° le frontispice aquarellé de l'artiste.. ...   450 fr.

Exemplaires sur Madagascar numérotés de 39 à 283...   350 fr.

Exemplaires hors commerce marqués de A à R, dont 3 sur Japon et 15 sur Madagascar, pour l'artiste, l'auteur et l'éditeur.

En vente : aux Messageries Hachette et à la Maison du Livre Français

Vient de paraître :

JULES RIVET

A L'OMBRE
DES CROCODILES
EN FLEURS...

**Une satire amusante et féroce sur
les puissants du jour**

Un volume ... ... Prix 12 fr.

En vente : aux Messageries Hachette et à la Maison du Livre Français

Vient de paraître :

JEAN LÉPINE
DOCTEUR EN DROIT
AVOCAT A LA COUR DE PARIS

LA SOCIÉTÉ DES NATIONS AGONISANTE

Un volume ... ... Prix 12 fr.

En vente aux Messageries Hachette et à la Maison du Livre Français

ÉDITIONS DE L'ÉPI

Éditions et Publications Illustrées

Ch. Aug BONTEMPS — **TON CŒUR ET TA CHAIR** — 10 fr
L'Amour et le Mariage
à travers les âges
essai critique et satirique

Ch.-Aug BONTEMPS — **L'ŒUVRE DE L'HOMME** — 9 fr
et son immoralité
essai de critique sociale

Jean DE CHÂTEUIL — **LE ROMAN D'UN PRÊTRE** — 10 fr
L'Amour et le Sacerdoce

Lionel d'AUTREC — **L'OUTRAGE AUX MŒURS** — 9 fr
Étude Documentaire

Stéphane MANIER — **SOUS LE SIGNE DU JAZZ** — 10 fr
Roman contemporain

Paul ROUÉ — **LE PROCÈS DE JUDAS** — 9 fr
Judas a-t-il trahi Jésus

COLLECTION "JE SAIS" pour la JEUNESSE

Albert i AISANT — **MAGOJANA** — 10 fr / 12 fr
Le maître du Secret

ÉDITIONS DE L'ÉPI
Éditions et Publications Illustrées

Ch.-Aug. BONTEMPS. **TON CŒUR ET TA CHAIR** 10 fr.
L'Amour et le Mariage
à travers les âges
essai critique et satirique

Ch.-Aug. BONTEMPS. **L'ŒUVRE DE L'HOMME** 9 fr.
et son immoralité
essai de critique sociale

Jean DE CRITEUIL. . **LE ROMAN D'UN PRÊTRE** 10 fr.
L'Amour et le Sacerdoce

Lionel d'AUTREC. . . **L'OUTRAGE AUX MŒURS** 9 fr.
Étude Documentaire

Stéphane MANIER . . **SOUS LE SIGNE DU JAZZ** 10 fr.
Roman contemporain

Paul ROUÉ . . . . . **LE PROCÈS DE JUDAS** 5 fr.
Judas a-t-il trahi Jésus

COLLECTION " JUVENIL " pour la JEUNESSE

Albert LAISANT. **MACOJANA** Broché . . . . . 10 fr.
Relié rouge et or 12 fr.
Le maître du Secret